JN109727

何食わぬきみたちへ

新胡桃
Arata Kurumi

河出書房新社

何食わぬきみたちへ

本作には、障害者に対するいじめや差別が存在する社会的状況を描くため、一部に差別的な用語やシーンが含まれています。

伏見の場合

ピピッと小気味よい電子音が鳴った。スイカで改札を出てすぐバスに乗り、しばらく揺られ、住宅街のこぢんまりした停留所で降りる。スニーカー越しにも伝わるアスファルトのむんむんとした熱。首筋を包み焼くような光。だいたいのものが眩《まぶ》しくて、すぐに目を細めた。光の密度が濃い。木々の素朴な匂いと、ところどころの坂道。

草いきれ、という言葉をふと思い出した。夏に帰るのは初めてだったけど、帰省する度に、自分の中で日常だったはずの単語、その匂いや姿が、大きな街に暮らす中で褪《あ》せてしまうのを、こうして自覚する事がままある。

「伏見《ふしみ》君って、いい匂いするよね」

大学に入ってから何度か言われた言葉だ。
高校生の時は、「いい匂い」と褒められる事もなかった。おれから発せられる匂いはこの地域特有の匂いなのかも知れない。すぐそばを車が通り過ぎる。
一歩一歩を確かめるように踏みしめ、歩いた。
ことん
不意に、背後で軽い音がした。
振り向いても、スズメがたどたどしく跳ねている以外、動くものを見つけられない。
ことん
それは明らかにすぐそばで鳴っていた。
ことん
鍋蓋をとじる音のようだ、と思う。そうなると、地面に金属質のモノが転がっているのだろうか。
ごとん
ひときわ大きな音がして思わず顔を伏せると、足元に何か棒状のものが転がってくるのが見えた。ころころ、という乾いた響きではなく、ごろりざらりと重い物質感で、ゆっくりと。錆びて曇った表面が、やがておれのスニーカーにぶつかる。リレーのバトンほどの大きさで、なるほど、古びた鉄パイプだ。さっきの音はこれが落ちた事によるらしい。恐る恐る好奇心で拾うと、まるで人肌の中にあったかのような生々しいぬくみと湿りがあり、慌てて手を放す。片手で持てない重さではなかったのに、やはり、ごとん、と鈍くぬるい音でそれは着地する。

「ん!」

声がして振り返ると、おれの目線より少し高い石垣に、男がいた。いや、男の子、かも知れない。小太りで色の白いそいつは、爪を噛みながら強い眼差しでおれに手を差し出している。あぐらを少し崩した形で座っていて、チノパンにしわが寄っている。

「ぽくぽく!」

しばらく見つめ合った後、そう言われた。とても間の抜けた、おかしな抑揚の声。しかし変声期は確実に終えたであろう低さもあり、なにもかもちぐはぐだ。おれは頭を掻いた。

「ぽ、く、ぽく、くらしゃ」

黙っているおれを見て、男は手を叩きながら、ゆっくりとそう繰り返した。何かを要求されている事は確かなのだが、どうすればいいのか分からない。

「すみません」

そう答えるのが精いっぱいだった。得体のしれない恐怖があった。

数秒経っても返事はない。そいつは爪を噛み続けながら、やや険しい顔でおれをじっと見つめている。胸が毛羽立つような気分になり、おれは足早にそこを離れ、元の方向へ歩き出した。
二、三歩進んだところで、いきなり洪水のような泣き声が響いた。空間全体がふるえてエコーをかけている。おれは狼狽《ろうばい》するも、すぐに全速力で駆け出す。明らかに異様だ。
角を曲がると、ちょうど実家に繋がる一本道が現れた。怒鳴るように泣く不愉快な声が、まだ鼓膜の奥をくすぐる。

「ちょっと」

今にも赤い標識を過ぎようとしたその時、背中に大きな衝撃を受けた。おれはそのまま地面に倒れこむような形になり、アスファルトの不潔な熱を頬で受け取らねばならなくなる。

服をはらいながら注意深く起き上がると、おれの前に女の子が回り込んで言った。

「あんたでしょ、ツボイさん泣かせたの」

ツボイサン、とおれは間抜けに繰り返す。どうやらさっきの衝撃は彼女の通学バッグによるものらしく、あの奇怪な男はツボイというらしい。

「早く立って、行こう」

やけに鷹揚な態度を見せる彼女をしぶしぶ追いながら、女子にしては高いその背に視線をあずける。ノッポ、と心の中で呼ぶ事にした。汗がさっきよりも粘度高く、しつこく噴き出してくるような気がする。男の姿が次第に大きくなり、顔を歪《ゆが》めて泣いているのもはっきり見えた。

「どうしたの」

ノッポが落ち着き払ってそう言い、男を見上げると、割れんばかりに響いていた泣き声が数段おとなしくなった。

「何があったの、ツボイさん」

しばらく周囲を見渡して、やがて鉄パイプを見つけるノッポ。かがんで拾うと、彼女のボブヘアは重力に従ってはらはら動いた。おれはその二歩手前から足を動かせず、Tシャツの襟ぐりでひたすら汗を拭う。

「あこちゃん、あこちゃん！」

彼女は、あきことかあつことかそういう名前なのだろうか。斜め上から聞こえるその声は、もう随分と弱々しくなっている。

「帰ろうよ。そこ、危ないんだよ」

ノッポの諭すような優しい口調がとんがって響く程には。

ん、としおらしい返事をして、ツボイサンはこちらに背を向ける。彼のすぐそばで、アリが大仰な行列をなしている。ツボイサンは彼らには目もくれず、コッペパンみたいに白くまるい手足を器用に凹凸へあてがい、石垣を下り始めた。うんしょ、よいしょ、と踏ん張っている。アスファルトに着地したあたりで彼はチノパンに手を突っ込み、股を掻いた。ベビーカーを押しながら、痩せた女性が反対側の歩道を歩いてくる。おれはなんとなく焦って、緊張してしまう。女性の表情を横目で窺《うかが》うと、やっぱりそうだ、おれたちを見て困ったように眉を顰《ひそ》めていた。ツボイサンは何か虫でも捕まえるようにして、手をパクパクと動かす。決まりが悪そうに、口を尖らせながら「ピーマン」「あかと、あおと」と大きく呟くのをやめない。

「おれ、もう行って良い？」

ツボイサンがのっそり両足を着地させるまで、ノッポはおれの目を見ようとしなかった。だから投げた問いもカンペキに無視されてしまって、正直戸惑うというよりも苛立つ。

「もう行って良い？」

女性の姿が見えなくなったあたりで二回目を投げると、ノッポは「ちょっと待って」と言いながらおれの隣に回った。今にも歩き出しそうな様子のツボイサンの正面に立ち、息を吸う。

「はい、ぽくぽく」

鉄パイプを彼に差し出す。

するとみるみるうちにツボイサンは笑った。「ありがとうは？」ノッポがそう言って彼の肩をつつくと、「ぐふふ」となんだかゴキゲンな声を出す。横に揺れながら、赤いおでこを鈍く光らせながら、ツボイサンはにっこり笑っていた。意外と綺麗な歯並びをしていて、目尻のしわがたこ焼きみたいなほっぺたに軽く乗っかっている。チャーミング、と言うと言い過ぎてしまうけど、不思議にどきりとするような可愛さがあった。

「ぽく、ぽく、よ！」

威勢よくその言葉を繰り返すツボイサンの表情は総じて赤ちゃんみたいで、おれはそのまるい顔をじっと見てしまう。

「ぽ、く、ぽ、く、よ！」

ぽくぽくを手に入れた事に感激しているというよりは、「ぽくぽく」という言葉、その語感におかしみを感じているようだった。

「ぽくぽ、く、よー！」

ちりちりした髪の毛が、ツボイサンのメトロノームのような動きに合わせて日の光を受けたり、翳《かげ》ったりしている。その揺れは催眠術のようにおれを捕えた。変な抑揚で繰り返される「ぽ」「く」「ぽ」「く」「よ」の音一つ一つに不安定な中毒性があり、五音終えるごとに胸の中に蒸気が満ちるような、ほかほかした気持ちになる。結局ツボイサンがくるりとそっぽを向いて歩き出すまで、おれはその場から一歩も動けなかった。

何かに、圧倒されていたのだ。

「行かないの?」とノッポが言う。気が済んだみたいにほどけた声で。パチンと膜が弾けるような感覚があって、おれはようやく自分が腹を空かせている事に気付いた。同時に、一体こいつは何者なのか、なぜおれを呼んだのか、ツボイサン、とは誰なのか、といった質問が喉元で渋滞して、しばらくノッポの顔を見ながら足踏みしてしまう。

ノッポの容貌や話し方、身なりは本当によくいる高校生で、ツボイサンのちぐはぐなそれとは異なる。初対面のおれに偉そうな態度を取っている事以外、まったく奇妙じゃない。

女の子特有の丸く小さな膝小僧、そのギリギリまで履かれたハイソックスは濃い緑色だ。

「サンコー生なの？」

この市の第三高校は山の麓に位置している。盆地の端っこに白壁で建つ、よくある地方の公立校なのだが、制服が特徴的すぎる。何某《なにがし》とかいうデザイナーに特注したそれは派手なのかダサいのかよく分からないし、黄色の差し色が入ったスカートも、斬新なようで古いような、要領を得ないスタイルだ。なんと男子のスラックスまで無駄に主張の強いチェック模様で、着崩し辛いったらありゃしない。

おれの母校だ。

「今日学校ないっけ」

二年前の記憶を辿ると、おそらく夏休みはまだ始まっていない。よく見るとノッポは汗もかいておらず、今家を出てきたばかりという風だった。その涼しげな夏服の肩を落として、大げさにため息をつく。

「なにそれ、うちがいつ学校行くとか、一ミリもあんたに関係ないでしょ」

ズル休みを誤魔化《ごまか》す高校生というより、常識のないおれに完全に呆れているみたいなノッポの様子に少し困惑する。初対面でのタメ口といい、どうしてか態度がデカい。その上無駄に好戦的だ。大きな蝿がおれたちの間をぶしつけに通り過ぎ、その羽音が暑苦しさを増幅させる。

二秒くらい考えたあと、「じゃあ」と可もなく不可もない挨拶をして、おれはまた歩き出した。道路に大きく落ちる影のコントラストがより激しく、日陰の部分だけ黒いクレヨンでぐりぐり塗ったようだった。思い出せば、くたびれたクレヨンの白と塗装された実線の白もよく似ている。全体がうす汚れて、道具箱や通りの中にそれぞれ馴染んでしまうあの感じが。


「あのさ」

おれは鶏のささ身を二つ、取り皿に移しながら聞く。

「ツボイサンって分かる?」

父さんと母さんは、ぱちくりと瞬きをした後に、全く同じタイミングで「何の話?」と聞き返してきた。まるで双子みたいに。おれは腑に落ちないまま、自分の皿にコショウをかける。「なんでもない」

しばらくは「誰々さんが結婚した」とか「何々君が骨折した」とか、そういう近所の噂話を聞き流していたのだが（母さんは地元ネットワークに強い）、ある名前が出た所でおれは箸を止めた。

「そういえば大石君《おおいし》、元気？」

大石とおれは、それぞれ違う東京の大学へ進学した同級生だ。おれたちは同じ「かるた部」に属していて、仲が良かった。今でもたまに飲みの席を共にする。

「元気だよ」

あいつもあいつで実家に帰っているらしく、明日は部活ＯＢとして一緒にサンコーへ行く予定だった。

歴史の先生になりたい、とニッカリ笑っていた大石は、見事本命の大学へ進んだ。おれはあいつと違って理系だったけれど、第一志望の国立には落ちてしまった。別の大学には受かったものの、なんとなく未練を断ち切れないでいた三月中旬、馬鹿みたいに明るいメールを寄越してきたのも大石だった。最初は無神経だと思っていたその文面も時間が経つにつれ、また何回も送られるうちに、心地良いものに変わった。

あいつもサンコー生だった時代と、えらく雰囲気が変わった。幼く愛嬌のある顔立ちで先輩に小突かれていたチビ、飾り気のない直毛のマッシュルームカットに、縁の太い黒メガネが特徴だったあの大石悟《さとる》は、もうどこにもいない。

つい一か月前もおれたちは会っていた。もう靴が擦り切れるくらいに足を運んだ下北沢のレストランで、お決まりのカレーをそれぞれ注文したのだ。

「そういえばさ」

うん？　と相槌を打ちながら、スケジュールアプリとツイッターを右手ではしごする。大石はもうコンタクト生活にすっかり慣れたようで、パーマをかけた深い色の茶髪も、悔しいかな、サマになっていた。童顔、もしくは女子っぽい顔の奴はモテやすいし、美形に見られる。

「明石《あかし》さん、どうしてんの」

ぬるめのお冷《ひや》を啜《すす》りながら、大石は何の気なしに言った。おれは、耳周辺の空気だけが急速に冷えたような乾いたような、変な緊張感に襲われる。本当に大石が何とも思ってないのかどうかは、分からなかった。そういう男だ。踏み込んだ話題に入りたい時はいつも、言葉に余分な重みを含ませず堂々と通るのだ。それは「俺はこの話に関して変な気を回さないぜ」という、気遣いでもあったし、変におずおず踏み込まれるより、親友として心安いものでもあった。

でも、その時のおれは明らかに戸惑った。暖色で整えられたエスニック調の店内で、金属のオブジェが鈍い光沢を放つ。そのなまめかしさを、覚えている。

大石は白い窓枠の外を見ながら、ただおれの返事を待っていた。通りを行き交う人は皆若い。

「あー、ね」

おれは何気ない風に相槌を打つ。首を回すと、こき、と音が鳴って、弛緩した筋肉がいやに温かくなった。言葉を探す。

「……大石と志望校、一緒じゃなかった？　よく知らないけど」

「まじか、全然会わないけど。キャンパスちげーのかな、実は文学部の一部か福祉系の学部だけ都心なのよ、だとしたら羨まし」

困っちゃうよねえ僻《ひが》んじゃうよねえ、とだらしない語尾で背中を丸める大石、の前にカレーが運ばれてきた。おれはライスだけど、あいつはナン。ステンレスのお盆は年季が入っていて、お世辞にもピカピカとは言えない。

「変わるものね」

おれがスマホの画面を見せると、母さんはくっきり丸い目を大きく開いて驚く。

大石は大学に入ってから本当に変わった。見てくれだけでなく、喋り方も仕草も、以前のそれとは明らかに違うのだ。垢抜けた、と言ってしまえば簡単だけれど、そんな単純な変化ではないとおれは思う。

第一、なんとなく陰を帯びている。ふとした相槌を打つ時に、前ほど歯を見せて笑わなくなった。本来、大石は底抜けにひょうきんな男だ。オタク臭いのに喋りが達者で可愛く、ツボを押さえたツッコミは男女問わず人を集めた。めちゃくちゃモテた、というわけではないにせよ女子にはよくからかわれ、もちろん友達は多く、学年ではまあまあの有名人だったのだ。

動画の中の大石は肩からギターをぶらさげて、顎を上に突き上げている。ライブハウスの光を反射して、喉ぼとけにくっきりと色がつく。あの頃は貧弱だった（と思っていた）腕が柄シャツの袖から精悍《せいかん》に覗き、弦をかき鳴らしていた。あいつは今、軽音楽のサークルに入っている。

これはYouTubeに上がったものだけれど、おれがライブへ直接足を運んだことは無い。

「明石さん、どうしてんの」

数年前より低くなった大石の声を、思い出す。コップの中に残った氷が、からりと音を立てた。母さんの声が記号として耳に入り込んで、するりと抜けていく。

そんな事、おれが一番知りてぇんだよ。


おれがサンコー生だった頃、授業で写生があった。校内の自然を生かし、木々やグラウンドのある風景を描くという趣旨で、使う画材は自由。生徒たちには画用紙を張ったボードのみが配られ、各々が好きな場所に散らばるという具合だ。春が夏にバトンを渡しかけているような時季で、まあ確かに植物は元気だったし、きめ細かく広がる雲はいくら見ていても飽きなかった。美術らしい美術に興味のないおれだが、生き生きとした自然を観察できる事には魅力を感じた。

それに、おれは一人だった。音楽、書道、美術。三つの芸術科目の中から美術を選んだのは一緒にいる仲間のうちおれ一人のみで、わざわざ他人に合わせて場所取りをする必要もない。

はずだったのに。選んだ場所には、先客がいた。テニスコートを出て脇に回り、ピンク色の鉄製階段を五段上がっただけの場所。靴を履き替える段階で既に「あそこで描こう」と意気込んでいたおれは、予想外の出来事に驚く。

低い段差を椅子代わりにして、背中を丸める女の子がいた。

「もう、埋まってたんだ」

去るのもなんだか悔しくて思わず声をかけると、彼女は弾むように顔を上げた。その強い眼差しに圧《お》され、おれは四方に広がるフェンスのバッテン模様をさっと目で追う。

「おれここ、穴場だと思ってたんだけどな」

「確かにね、でも、見晴らし良いし」

思っていたよりもハッキリとした返答に、やはり少し戸惑う。明石さんは決して目立つタイプではなく、あけすけに言ってしまうと根暗なイメージの女の子だった。長く重そうな前髪の下にやや濁った血色の肌があり、濡れた傷口のような細い目が並んで埋まっていて、ふっくらした頬と不揃いの眉は幼い印象を強めている。もちろん前衛的な制服の着こなしにも失敗しており（完全にアレを着こなす人間もそうそういないのだが、とにかく悲惨なくらいダサくなっていて）、アトピーの跡が広がるふくらはぎに少しだけ、深緑のソックスが食い込んでいた。

「やっぱりここ選んで、正解だった」

そう言ってからりと笑う彼女の歯は白い。すっきりした笑顔は快活そのもので、おれは少なからず人を見た目だけで判断していた事を恥じた。堂々と話しかければこの子は場所を譲ってくれるだろうと考えてしまっていた、自分の姑息さをも。スニーカーで雑草が圧され、この季節特有の湿気を醸《かも》している。その場で足踏みする度に、むわりむわり青臭い匂いが漂った。ほぼ隔日で雨が降るから、土も元気なのだろう。じゅわじゅわ足に確かな感触が伝わる。むわりむわり、じゅわりじゅわり。おれはしばらくその豊かさを楽しんでいたのだけれど、明石さんの「何してんの」という声で我に返った。

「ここで描くんじゃないの？」

「もう明石さんの場所だろ」

彼女は右手でグッジョブの形をつくり、背後を指さす。

「ここの数段上で描けば。私ほら、背低いし。邪魔にはならないと思うよ」

お、とおれは声を上げる。「男子と場所をシェアする」という選択肢を明石さんが持っていた事に驚いたし、感謝もした。先生が集合の笛を鳴らすのは授業終了の五分前。それまで、この豊かな自然を特等席で堪能出来るのだ。

「サンキュ」

音を鳴らして階段を上る。手すりに時々現れる濃茶の錆と塗装のピンクが不思議に穏やかな調和でもって、おれの目を癒した。よっこら、と七つ目の段差に腰を下ろすと、明石さんの手元がよく見えた。色とりどりのクレヨンと一本のシャーペン、塗りかけのイラストボード。

「クレヨンで描くんだ、珍しいな」

水彩絵具を脇に抱えながらおれが言うと、彼女は嬉しそうに首をねじって、こちらを向いた。

「なんか力強い感じも好きだし、線をのびのび見せられる気がして好きなんだよね、クレヨン」

やや熱を帯びた早口でそう言うと、彼女はセットの中から青い色を取り出し、大胆に画面を塗り始めた。最初は空の青を描いているのだと思ったけれど、画面の下半分に向かっているので、どうやら違うらしい。そのうちそれを鈍い黄色に持ち替えて、粗く浮き出たボードの目を潰すように塗り込んでいく。ぐるぐると円を描くように指を動かしたかと思えば、真っ直ぐに線を置くなどして、とにかく様々なタッチで画面を殴る。やがて赤や緑、紫なども登場して、なんだか綺麗なカオスが彼女の膝の上に出来上がっていった。

一息ついてから、やがて明石さんは黒と白を取り出した。極太の輪郭でする縁どられ、あっという間に草やポール、アスファルトや舗装されていない土の地面が姿を現した。草の色なんて明らかに「緑じゃない」のに、不思議と画面の中では瑞々しく、生きたままの色に見える。花も同様に、くり抜いたらくすんだ色にしか見えないはずの暖色が、画面の中では鮮やかに輝いた。

おれは自分の制作も忘れて、彼女の指先が繰り出す技の数々に圧倒されていた。何も言う事が出来なかった。と言うより、何かを言う事で彼女の手を止めるのが嫌だったのだ。迷いのないそのストロークが永遠に続けば良いと思った。まるでSF映画の戦闘シーンを見ているかのような感情の高ぶり、心騒ぎがおれを満たして、ああそうだ、今おれは一つの世界に魅入ってしまっているのだとぼんやり気付く。

白は空の色だった。今日みたいな、梅雨特有の雑味たっぷりの曇天を、彼女は見事に描いた。クレヨンの白は周囲の色と敏感に反応して、ほの淡く濁り続ける。くるくると動く明石さんの指はそのまま紫、赤、青、様々な彩りを引きずり込んで、綺麗な、本当に素敵なグレーをつくり上げた。見事だった。

先生の笛が響き出した頃、ぽつ、と音がして、おれの肩に冷たい感触が走った。

明石さんが見上げたほんとうの空から、雨が降ってきたのだ。

＊

そこかしこで楽器の音や笛を吹く音がしている。午後四時の学校は元気だ。点呼やカウントを浴びては跳ね返す外壁も窓も、心なしか嬉しがっているように見えた。元から真っ直ぐ建っているはずなのに、校舎そのものがピンと背筋を伸ばしているようで、気持ちがいい。

夏だから当たり前だけど、日が暮れる気配もない。

「吹部、女子ばっかなんだな」

「おれらの時も男子って数人じゃなかった？」

「でもやっぱ知ってる子いないよな、二年経つと」

感慨深いなあ、と語尾を伸ばして歩く大石。二人の影をしつこく反射する床のワックス。ツヤめきはおれらが止まれば止まるし、動けばそのぶん動き出す。どこまでもついてくる図々しさが懐かしい。

あの時古川《ふるかわ》がおれの背中を叩いたのが、丁度この辺、三号館の渡り廊下のあたりだ。

「タッチ！」

あれも高二の夏前とかで、頭が痒くなるような蒸し暑さがあった。おれは講習教室に忘れたペンケースを取りに行った帰りで、だらだら足をひきずるように歩いていた。叩くというよりは撫でるようなその感触と、妙なテンションの声音を不審に思って振り向くと、古川がいた。

「今お前、なんか塗った？」

しばらくしても何も言わないので、おれがそう聞くと、

「これガイジ菌だから」

古川はそれだけ言って走り去った。どこか勝ち誇ったような笑顔とがちゃがちゃした歯並びを、おぼろげに思い出す。それから色んな場面を。

忌まわしい話だけど、「菌」の遊びをやったのはうちのクラスの古川だった。高校生にもなって幼稚が過ぎるとおれは思ったし、他の皆も同じ気持ちでいたと思う。そもそもあいつそのものが、学年で疎まれていたのだから。

古川は少し、面倒くさい男だった。平べったい顔に中途半端な大きさの目を吊らせていて、一見よくいる男子高校生なのだが、何より性格がこう、「ひり付いて」いた。一つ一つの言動が、全部あいつ自身の承認欲求から来ている。そんな重い必死感と緊張した様子を、常にまとっていた。饒舌な分、集団にい

るとさらにダメなのだ。グループワークでも体育の球技でも、自分の思う方に事が動かなければ不機嫌になった。普段の会話でも自慢が多く、自分からは話す割に他人へ興味を示さない。示さないけども、人の成功体験やその賞賛（例えば、運動部の表彰など）には大勢の前で舌打ちを返した。

そんなこんなで、徐々にヤツはクラスで孤立を深めてしまう。古川と親しく接する男子はおとなしい二人組だけになった（しばらく経つとそいつらも器用にヤツをかわすようになる）。しかし明確なイジメが存在していたかと言われると違う。露骨に無視や嫌がらせをする程おれたちも馬鹿じゃなかった。でも馬鹿じゃない分、遠回しな皮肉や冷めた雰囲気、ちょっとしたクラスメイトの表情は、古川にとってさらに残酷だったんじゃないか、なんておれは思う。

あの時、とおれは思った。あの時全てが始まったのだ。

うずくまった頭から覗く短いポニーテールの震え。沈黙の間、まるで鋼《はがね》のように冷たく思われた先生の唇。全員お揃いの濃緑色のソックス、黄色の混じったスラックスとスカート、机の下でもじもじと動くそれを見て、はっきりと「ゲロみたいな、最低な色だ」と思った事。大石がうつむいていた事。沢山の大人たち。ネットニュース。安い紙で印刷されたアンケート用紙。おれと皆が、そこに書いた事。


「どうした？」

目の前には、今の大石がいる。その声によって、現実的なコントラストの世界が視界に戻ってきた。渡り廊下の真ん中は楕円状になっていて、輪郭に沿うように使わなくなった椅子や机、暗幕などが寄せられている。「なんでもない」おれがいた頃より、物が増えている気がする。

「多くね？」

大石も同じ事を考えていたようで、そばにあった机を指でこつこつ、と弾きながらおれを見た。

「普通に危ないよな」

「地震とかきたら結構やばいぞ」

確かに、とおれは笑い、それでまた歩き出した。当たり前だけどおれたちは上履きじゃなく来客用のスリッパを履いていて、特殊なその足音はパコン、パコン、と軽快に響く。

「大石さ」

床に染み付いたガムテープやマジックの跡を追いながら、平静を装って聞いてみる。

「古川っていたじゃん？」

少しばかり間があいてから、

「そうやね」

とあいつは答えた。おれより前を歩いていて、表情が見えない。「なんで急に？」と聞かれ、恐る恐る〝菌〟の話をすると、あーね、と大石は頷くようにして首を揺らした。

「酷かったよな」

古川はいつからか、休み時間が始まると必ず教室から消えるようになった。チャイムに合わせて駆け出す姿を見ながら「便所飯でもしてんじゃね」と冷ややかに笑ったおれたちクラスメイトも、本当の事は何も分からなかった。実際どうなのかなんて、そんなに興味はなかったけど。

あの遊びが全てを明らかにした。

おれがペンケースを手に教室へ戻ると、ヒソヒソ声といやらしい笑顔が空間を支配していた。ラーメンの油みたいにくっきり浮いた古川のはしゃぎ声を聞いて、胸の奥が強張る。

「で、なんか腕くねくねさせながら笑ってんの」

「もう一人は手すりをバシバシ叩いてて。まさに宇宙人」

「本当なんだって。それで宇宙人の通った場所から手に入れたのがこの菌」

サンコーには分教室という制度がある。四号館の隅にある目立たない教室に、特別支援学校の子が週一でやって来るというもので、存在自体はおれも一年の時から知っていた。彼らは体育祭にも出る枠を持っていたし、文化祭でも手芸品のバザーをやっていて、ほとんどサンコー生のような扱いだった。二年生になるとクラス単位での交流もあるから、今でもおれは、彼らの顔をぼんやりと思い出せる。

どうやらヤツは、彼らをダシに遊びをやっているらしかった。

古川が近くにいた背の低い三人組に手をかざす。ゲームをしているサッカー部の群れや一人で本を読む男子、おれと大石の所にまで来た。地味な方の女子のグループ（古川は運動部の女子を怖がっていた）や、隅にいる将棋部の連中なんかにも。

誰もそれを避けなかったし、大した反応も返さなかった。

前髪を上げた女子が「あつー、これ切れてんじゃん」と言って、扇風機の電源を入れる。ブオオ、と使い込まれたモーターが動いて、粘着質な空気をさらにかき混ぜた。古川が喋りながら歩き回る姿は、いつだか駅前の広場で見た大道芸人みたいだった。焦り出したのか、ヤツの喋りはどんどん速くなる。呼応するようにクラスメイトのひそめられた声も密度を上げげて、教室はざらざらした悪意で満たされていった。古川は引きつった笑顔だったし、クラスメイトもほとんどがいやらしい笑顔で、古川を見ていた。

おれは、どうしてもそんな感じには笑えなかった。

誰かがズレた行動をしている時、キレている時。おれはいつも、その空間におかしみを感じられなかった。例えば先生が真剣に怒っている時。内容がいまいち自分に響かなくても、おれは友達とクスクス笑い合えなかった。例えばメガネの浅野君が授業中に電車の話で、先生に絡みだした時なんかも、おれは笑えなかった。誰かが大声を出していたり、喧嘩していたり、そういう時も全然面白くなかった。その人間がどんなに非常識でも笑えず、たとえ犯罪者だったとしてもギャグみたいに手っ取り早く軽蔑できなかった。いつも笑えない自分に劣等感があった。笑いたかった。ちょっとした異物感すらおかしみに変えられない、いちいち禍々《まがまが》しい気持ちになるおれという男は、まるでつまらない人間の様に思えた。

「やめろよ」

だからあの時の大石の行動は、今でも思い出せるほど鮮明な解像度で脳に刻まれている。

「ガキじゃないんだからさ。そういうの本当につまんないし」

大石は怒っていた。他の奴らと違って、正面から古川へ言葉をぶつけたのだ。おれの隣で、狭い肩幅をいからせている。その熱とは裏腹に、クラスの温度がなぜか二度ほど下がるのを、おれは肌身で感じた。セミの声がほとんど押し付けるみたいになだれ込む。古川が大股でこちらへ近づいてくる。「なんだクソチビ」

「お前自身がここでボッチだから、ギリギリの立場だから、弱い者いじめがしたくなるんだろ」

そう大石が言い終わる前に、古川が胸ぐらを摑んだ。圧倒的な体格差をまずいと思ったのか、男子たちが一斉に古川の肩をはがしにかかる。がたがた、と近くにあった机が音を立てて崩れた。空間に緊張が走ったのは一瞬だけで、さっきより増強されたシニカルがあっという間に教室を包んだ。

ヒュー、と誰かが口笛を吹く。「大石かっこえ〜」「よくやるよな」「ヤメロヨ！　だって」「でもさ、古川相手にあんなマジになる事ある？」「それな」女子の笑いが、今度は大石に被せられていく。その転換は見事で、彼女たちはとても器用だと思った。おれなんて、密になったその輪から怒鳴り声が漏れる度に、背骨の髄のあたりがしんと冷えてしまうのに。古川の浅黒い肌に出っ張った肘。真っ赤な顔と淡く充血した目。ぶら下がっている大石の細くて白い腕。目に見える情報全てがおれをどす黒く焦がした。

あの時明石さんは、どんな顔をして、どんな友達とどんな会話をしていたのだろう。あるいは一人か。そもそも教室にいたのかさえ、今のおれには分からなかった。そうこうしているうちに二人は完全に引き離され、互いを睨み合っているうちにチャイムが鳴ってしまう。男女問わず人気の織田先生が欠伸《あくび》をしながら教室に入ると、皆は「おだっち寝不足?」なんて軽口を叩き、何事もなかったかのように席に着いた。

つまり大石は圧倒的に正しく、そしてサムかったのだ。


その数日後くらいだったと思う。

「もう描かないの?」

明石さんがこちらに首をひねって聞く。いや、なんか筆がのらなくて。のらなくて、とか言えるレベルの絵じゃないんだけどさ。苦笑いするおれを見上げて小さく笑う彼女の側には、完成された絵が四枚も重ねられている。二回目の写生の授業だった。早いもので、もうほとんど梅雨は明けていた。所々に残る雫もすこやかに張っているような感じがして、綺麗だ。

「明石さんこそ、そんなに描いてて飽きないの」

三段上に座るおれからは、彼女の点みたいなつむじがはっきり見えた。凝《こ》っている印象はないし幼いけれど、明石さんの髪の毛はいつも真っ直ぐに整っている。今日はしっかり太陽が出ていた。

「気付いたら描いちゃってるんだよね」

「美術部？　美大とか行かないの」

「うーん、無理でしょ。まずうち、貧乏だし」

「じゃあ明石さんってそもそも」

「帰宅部」

声を発する度に、化粧筆のような小さいポニーテールが揺れる。頭の球面に沿った光がなめらかに動き、彼女の肌までも照らした。

そっか、と呟きを空に溶かし込むように投げ、おれは空を仰いだ。ひどく眩しかった。でもそのせいで強制的に半目になるのが、限りなく惜しいと感じた。夏の空は不思議だ。目玉の端にある分にはその美しさが分かるのに、注視すると真っ白けてしまう。

あれからの一週間、大石はただ黙っていた。なんとおれの前でさえも。普段からよく喋る分、その大人しさは皆を心配させたし、「オーイシ具合悪い？」なんていつもみたいにちょっかいをかけに行く女子もいたけど、本人はまるで反応しなかった。

「あれだけ堪《こた》えてるってことはさ、家族とかに障害者いそうだよね」

「間違いない。だとしたら感情的になるのもまあ、分かるし」

「複雑だね」

そう頷き合うクラスメイトの姿をおれは見たけど、全くの見当違いだ。大石家は核家族の一人っ子構成だから。叔父とかいとことか、そこまでの情報はおれには追えないけれど、とにかく家族に分教室の生徒みたいな人はいない、はずだ。

そういうごたごたを抜きにして、大石の気持ちは別に分からないでもなかった。むしろ古川のひどい言動には皆が憤って然《しか》るべきだし（というかクラスメイトも本当は憤っていたと思うし）、あいつの気持ちは何一つ矛盾せず穴もない、完璧なものだった。

だからこそ、白けてしまったのだ。

あいつが古川に立ち向かった経緯とか事情なんて、別にどうでもよかった。むしろまっさらに、大石は「ダメなものはダメ」と言っただけの真っ当な人間で、事情なんてものはハナから存在しないと信じた。真っ直ぐな人間。当たり前の人間。そう思わないとじっとしていられない。目の前の問題と自分たちの事情がリンクしないと無表情で素通りするだなんて、悪意も情動もおかしみに変換するなんて、そんなのが常なんて、古川より余程暴力的だ。

そこまで考えた所で、大きな違和感が胸をかすめる。じゃあおれ自身は？

「伏見君ってさ」

急に名前を呼ばれたので、おれはのけ反らせた背を弾ませ、慌てて視線を移した。うん？　と声に出したけどイントネーションの制御が出来なくて、さらに吐息が混じったせいで間抜けな返事になってしまう。

「いっつも草とか、地面とか机とか蛍光灯とか、ジッと見てるよね」

ぼーっとしてるのかな、って最初は思ってたんだけどさ、なんだろうなあ。いつも目の焦点自体は定まってるっていうか、美術で一緒になってようやく気付いたんだけど。明石さんはそこまで言ってから、ふっと心がほぐれるような笑みを浮かべた。

「モノを観察するの好きなのかなって」

ああ、とおれは頷く。セミの声は遠くなのか近くなのかいつも不明瞭だ。加えてなんだか、目に見えない肌の第一層を等間隔に刻まれてしまうような鋭さがある。鉄製の階段は簡素な造りで、心許《こころもと》ない。おれのいる場所よりさらに高い位置から、くっきりとスケッチブックに影を落とす葉の数々。その輪郭を何回もなぞる。

「そうかも」

おれは少し動揺していたかもしれない。自分の「くせ」を他人にばっちり指摘された事以上に、それほど関わった事もないのに性格を分析出来てしまう明石さんに感心した。おれは人の顔や名前を覚えるのが苦手だし、ましてや行動パターンなんて少しも把握出来ない。

「よく見てるね」

「いえいえ」

それから明石さんは、人間が一番好きなのに、人を描くのがどうしても苦手である事を話してくれた。おれも思い切って、風景や自然のモノが大好きなのに、いざ筆を握ると頭が真っ白になる話をした。

「思い入れない方が余計な事考えずに描けるから、うまくいくのかもね」

そう言うと彼女は、すん、と鼻を鳴らして、クレヨンの箱を膝の上に置いた。

「私、憧れてる人がいて」

「絵の方面で？」

「うん」

有名な画家とかなの、と聞くと明石さんは首を振る。

「確かにエゴン・シーレとか、そういう感じで好きな作家はいるけど、違くて」

聞いた事のない横文字に、おれはぼやけた相槌を打つ。その人は、もっと身近にいるのだと言う。家が近く、互いの親が仲良しだったために、ままごと遊びやお絵描きを一緒に楽しんだらしい。いわゆる幼馴染《おさななじみ》なのだそうだ。

「とにかく天才的にかっこよく描くんだよ。人の顔を」

今写真あるかな、と呟き、スマホを取り出す。何度かスワイプしてアプリをさばき（彼女の画面の動きは、おれの位置からだと完全に見えてしまう）、写真フォルダを起動させた所で、明石さんはこちらを振り向いた。段の隙間に足を突っ込まないよう慎重に立ち上がり、スカートの裾をはらい、おれに向かって画面を差し出す。

四角い枠ぎりぎりに、カラフルな男の顔があった。

目、鼻、口を縁取る大胆な黒い直線の下に、点描で鮮やかに示される幾何学模様。そのしつこく繊細な筆致は、極端にデフォルメされたパーツとは対照を成している。形の正確さとか人間らしい表情だとか、そういう物差しでは測れない圧倒的なパワーを、液晶からでさえ感じた。赤、青、緑、三色全てが濁らず、色として図形として点として強く存在している。それらの粗密《そみつ》や一つ一つの流れが不思議なリズムになって、画面を泳いでいるようだ。

一体どんな人がこれを描いたのだろう。

「彼の描く鼻は、いつも楕円なんだよ。どの人を描いてても」

声に被せるようにして、集合のホイッスルが耳を貫いた。食い入るようなおれの表情を見て、明石さんは満足げだ。

「テニスコート付近の奴らも教室戻れよー、鐘鳴るぞ」奥の建物からメガホンで叫ぶ先生の姿を見てようやく我に返る。黄色い筆洗バケツを洗うにはどこの蛇口が一番近いか、もうそこらの土に色水を吸わせてしまうか、なんて事を考えてあたふたしていると、

「それだけでいいよね」

いつもよりハリのない明石さんの声が、少し先で聞こえた。階段を下りた彼女の後ろ姿は、逆光でくり抜かれ黒くなっている。

「この世界を見て描いて、本当にすごくて、もうそれだけでいいのに」

何の話をしているのか分からず、おれはバケツの側面に満遍なくついた水滴をひたすらぬぐった。ぬるくて少し気持ちが悪い。

「社会とか生き方とかお金とか未来とか、よこしまな眼だよね」

ますます混乱するおれを振り返ることなく、明石さんは歩き出す。整っているけど幼く短いポニーテールが、ひよこ、というちんまりした三文字を連想させる。ひよこに尻尾があるのかどうか、いつか調べてみよう。

手すり側に立て掛けたボードを持ち上げて初めて、自分の作品がほとんど白紙に近い事を思い出した。


理科室を右に曲がると、文化系のクラブや同好会の教室がズラッと並んでいる。暗幕が扉の窓に貼られたオカルト研究会（通称オカケン）や、何故かそれとは別個に存在する「ＵＭＡとＵＦＯ研究会」、「未解決事件研究会」。胡散臭いエリアを通り抜けた先に畳の部室を構える華道部、茶道部。保護者も参加できる、クラシック同好会や地域民俗研究会なんてものもある。このあたりは左右どちらも扉と看板ばかりで、廊下に全く光が差さない。

「そのまんまだな」

思わず声に出した。新設されたクラブもいくつかあるようだったけど、おおまかな部室の配置や、手作り看板が発するそれぞれの個性は全く変わっていない。冷たい蛍光灯に照らされて、大石の耳のカーブは青みを増した。おれはずっと、こいつの三歩後ろを歩いている。返事は無い。

「さっきさあ」

でも軽音の大きなポスターを過ぎたあたりで、ワントーン上がった声の大石が、顔をこちらに見せないまま、おれに話しかけた。

「伏見、古川の話、したじゃん」

心拍数が跳ね上がる。

「そんで、したっきり黙ってんじゃん」

おれはだらしなく頷いたけど、そうした所で大石には全く見えやしない。

「ビビるくらいなら、最初から言うなよ」

少し茶化すように笑って、大石はそう呟いた。ごめん、とおれが謝ると、違う違うそんなんじゃないんだって、と面倒くさそうにこちらを振り向き、眉を下げた。また笑う。だからそんなガチじゃないから、全然怒ってるとかじゃないから。

「もう何年前の話って感じだし」

あと、と大石は付け加える。

「俺もこの前、明石さんの話持ちだしたきり、黙っちゃったし」

あいつは長い廊下を歩きながらぽつり、ぽつりと話し始めた。高校生だった時、おれが高二の秋を境に明石さんの話をしなくなって、心配だった事。さらに大学に入ってからのおれも、妙に暗く見えた事。二つに何か関係があるのでは、と思っていた事。おれに話を振ったはいいものの、具体的に聞くのを躊躇《ため》らってしまった事。

おれは本当に驚いて、思わず「違う」と声を出した。

「おれ、そんな変な顔してる？　むしろ大学入ってから、結構元気なんだけど」

明石さんは、といざ名前を口に出すと、自分の周りの空気がよそよそしく流れるような気がして、おれは手のひらを握りしめた。汗をかいていた。

「明石さんは、あれから会ってないし」

それにお前の方が、なんか雰囲気とか暗いぞ。そう言うと、大石も大石で驚いたような顔をした。「大学入ってから本当に楽しいんだけど」と、おれと全く同じような事を言う。

突き当たりに、引き戸の教室が見えた。おれたちは顔を見合わせて笑い、揃って木彫りの看板を見上げる。今、どんな活動をしているのか。顧問は変わったのか。わちゃわちゃした声がここにまで聞こえてきて、頰が緩んだ。

力強く墨で書かれた「かるた部」の筆致がそこにはある。

＊

「美術とか、受験に要らないじゃん。押し付けてくんのまじだりぃ」

古川の声はよく響く。それを本人が一番分かっていて、わざと強いトーンを出しているのも伝わる。職員室を出てからまださほど歩いておらず、その勇んだ語調はおれを心底ひやりとさせた。

美術の先生は老けて見える人だった。本当は四十にならない年齢らしいけど、全くそうは見えない。彫りが深くて、昔の偉人みたいに古風なメガネをしていた。黒いニットと深い紺のジーパンを痩せた手足に張り付けているのを見ると、おれは蜘蛛やバッタなどの節がしっかりした虫を思い出した。

おれたちが呼び出された理由は些末なもので、授業に真面目に取り組めと言うただの注意だった。おれは誰よりもやる気を出して自然と向き合っていた分少し不服だったけれど、一回目は明石さんの絵を見るのに忙しく、二回目は大石の事を考えて上の空だったわけで、ボードが白紙なのは事実だ。本来ならこの二回の授業で、最低でも一枚は仕上げなければならない。写生に充てられる授業はあと三回。残り半分で挽回してやろうと決めた。

「正直どうでもよくね、自然を観察しましょう、とか。もうそこら中似たような草しかねーじゃん」

階段を駆け下り、踊り場から四角く差し込む光を通過する。おれはとりあえず首を縦に振りながら、古川の話をやり過ごした。あいつはおれと違って、本当に授業へのやる気を持ち合わせていなかった。高校生特有の「真面目はダサい」という価値観が大学受験の要素と強く反応し、「副教科をサボるのがカッコいい」的な境地に進化したらしい。

「大人のエゴっていうの。知らねーけど、皆で綺麗なもの綺麗って言おうねー描こうねーみたいなあの感じ？　俺たちの事舐めてるよな」

とりあえず生返事をする。パタパタと駆け抜ける足音。放送。箸の音。おしゃべり。昼休みは音に溢れ、空気を絶えずこね回している。だからおれは、おれたち二人の間で質の悪い沈黙が流れている事に、しばらく気付かなかった。

古川が顎を引いたまま、前をしっかり見据えている。おれの胸が表面から強張っていく。これはクラスでもよくある事だった。古川は馬鹿じゃないのだ。だからこそ、話が相手に届いていない時、馬鹿にされている時、呆れられている時などの、相手が発する負の波長を敏感に感じ取った。

しかし加えて、古川はひどく不器用だった。そんな時あいつに残された道は、センシティブな話題を出すか、相手の地雷を踏むか、いつも二つに一つだった。

「伏見」

だから、おれは警戒した。立ち止まり、名前を呼ぶあいつ。なんだよ、と渋々答えると、古川はメトロノームのように大きく揺れ出した。嫌な予感がする。何してるの？　とかそれ何？　とか言って欲しいのだろう、笑って欲しいのだろうと思った。おれは器用じゃないから「何？」とだけ返す。

「カツオの真似」

古川はそれだけ言って、体を半分に折り曲げるように笑った。ベージュの壁がその声をまるく跳ね返す。なんの事だか、意味が分からない。おれは質問するのも面倒くさくなって、そのまま歩き出す。あいつは笑いが止まらないのか、怒る事も拗《す》ねる事もせず、ずっとそこにいた。少しびっくりしたけど、徐々に小さくなる笑い声を耳の端で拾いながら、二年生の教室へ戻った。大石とその他数名の男子が、おれの姿を見て手を上げる。ランチバッグの内側に貼られたアルミシートが濡れたように光る。自分が空腹だった事にようやく気付いて、おれは笑った。

古川をきちんと見たのは、それで最後だった。


ある体育の授業、だったと思う。学校指定のジャージには、数本のラインと名前の刺繡が入っている。それも結構鈍い赤色で、紺色の地との組み合わせは高校生の夏には少し重苦しい。これも何某とかいうデザイナーに特注したものらしいけど、緑のソックスといい、うちの学校のセンスは正直ハズしすぎだと思う。申し訳程度に首回りと袖に白のマークが張ってあるのが、逆に空々しく浮いている。

それに、夏の体育館はおどろおどろしい暑さだ。ここに来るとせいろを開けた時のむわっと立ち上がる蒸気と小籠包の匂いを思い出す。

「伏見、パス」

さっきから頻繁にパスが回ってくる。しかも、なかなか良い所で。背が高いからこういう場では変に期待されてしまうけど、おれは一介の文化部員に過ぎない。バスケもバレーも、人並みにしか動けない。適当にドリブルをして、弾むように動いているサッカー部の奴にボールを回した。きゅ、と気持ちのいい足音が響く。歯を見せて笑い、そいつが一気に走り出す。決めるつもりなのだろう、敵方の守備も手薄な今は、圧倒的なチャンスと言えた。オーディエンス（次の試合の待機組）が色めき立って、加速した熱はおれの心臓さえも刺激する。

鈍い音がした。

ボールを持ったままよろける男子の足元で、鼻を押さえてうずくまる影があった。風船が萎んだような脱力感に襲われながら、おれたちは一斉に駆け寄る。

「マジごめん、どこケガした？」

大石だ。

さっきの男子が太い眉を顰め、手を合わせている。

「大丈夫、こっちこそよそ見してたわ、ごめん」

見上げるようにして首を振る、この頃の大石は至って普通だった。突然に、もしくは徐々に、どちらだったかはもう覚えていないけど、とにかくあのふさぎ込んだ状態からは何かのタイミングで回復していた。綺麗な目尻を伸ばしてあいつが情けなさそうに笑うと、皆の間に巡っていた緊張もほぐれる。囲むように並んだ足が再びコート内に散らばり出す。おれも一旦はコートの中央に戻った。「大丈夫か」駆け付けた体育教師の声が遠くに聞こえる。「念のため保健室で見てもらったらどうだ、付き添いいるか？」どちら側がボールを持っていたか、どこに誰を配置しなおすか、そんな話が周りでさっさか進んでいき、審判が改めて笛を鳴らす直前、

「ごめん、ちょっと出る」

おれは大石のそばに駆け寄った。「お、頼もしいな」頷く体育教師の、屈強そうな腕。

少し驚いた顔をして、さんきゅな、とあいつは笑った。

授業中の廊下は、いささかムズムズする。使っている教室、使われていない教室、トイレ、反響する板書の音などがその存在をあらん限り主張して、おれ

たちに迫ってくるからだ。でも何か未知の世界に誘われているような気もして、同時に興奮もする。

大石も同じ気持ちなのか、片方の鼻にティッシュを詰め込みつつもしきりに辺りを見回していた。ぴー、ぴー、と鼻血で湿った鼻息が漏れる。それは大石の幼い容姿をさらに強調しており、からかおうか迷ったけど、怪我人なのでやめておいた。

「なんか俺、軟弱なんだよな」

大石が天井を思い切り見上げ、あーくそ、と呟く。そんな事してたらまた転ぶって。てか鼻血、喉に回るぞ。よく見ると顎の皮膚に赤いむらがあって、恐らく転ぶ手前でゼッケンか何かと擦れたものだった。マッシュヘアも、不揃いに毛先が跳ねている。

「お前は良いじゃん、背高いし、ぱっと見だと屋内の運動部に見えなくもない」

それはないだろ、筋肉ないし、マジでガリガリだし。おれが苦笑すると、つられてあいつも笑った。

「おれは、なんていうか人として、何も固まってないっていうかさ」

そう言って、おれも思い切り天井を見上げる。でも歩きながらこうしていると首も肩も苦しくて、すぐにやめてしまった。

そこから心地よくお互い無口になった。保健室はコの字型校舎の端っこで、体育館からは一番遠い位置にある。時々大石が思い出したように鼻歌を歌う。聞いた事もないメロディばかりだけど、部活でもたびたびこういう事があるのでいくつかはおれも覚えてしまった。しかしハモると、

「お前三期のエンディング知ってんの?!」

「これ、めちゃくちゃレアなキャラソンだぞ?!」

とか興奮した調子で言われてしまうので、黙っている。大石以上に社交的なオタクを、おれは知らない。

しばらくしてから大石は俺さ、と呟いた。

「許せない事ばっかでさ」

いつになく真剣な表情だ。

うちの校舎は白で統一されているけど、光の加減か汚れの程度なのか、いか

んせん黄色味が強い。天井の塗装は所々が欠けて、無垢なコンクリートを覗かせている。

別に理由とかないんだけど、てかこういう気持ちに理由っているのかなあ、俺やっぱおかしいのかも、綺麗事で、ダサいかな。と独り言みたく呟いて、大石はおれを見た。だから静かに、でも大きく首を振った。何も言えなかったけど、おれも多分、同じ気持ちだった。大石はほぐれたように笑った。

分教室の前を通りかかると、「はみがきサンバ」を歌う声が聞こえてきた。おれたちの幼少期に流行ったアップテンポの歯磨き賛歌で、なんとなくキャッチーなメロディが耳に残る。

歌っているのは女の子のようだった。拙《つたな》いが本当に嬉しげな声で、何小節かを繰り返している。「さらばむしばいきん」という最後のフレーズに被せて、高く叫ぶ男の子の声もあった。たまに先生の声も聞こえた。何の授業をしているのかまでは、よく分からなかった。

大石はずっと目を伏せていた。でもその理由が分教室そのものではなく、古川との事件、「菌」遊びにあるのだという事は明らかだった。保健室の看板が三十メートルほど先に見えた時、大石はやっと顔を上げる。

古川が学校を休みだしてから、およそ一週間が経っていた。


そして結局、絵は完成しなかった。あのあと三回授業があったけど、とりあえず明石さんの背後に座り、他愛のない会話をし、それだけで終わってしまった。おれの筆は画面に触れないままもじもじと数センチ動いたり、筆洗バケツの中を回ったりしながら所在なさげにした。提出リミットが近付くにつれ焦り、不甲斐ない自分に腹が立った。

「おれの母親、風水にはまっちゃって」

最後の授業。気が付くとおれは、本当にくだらない話ばかりしていた。饒舌なタイプではないからそんな自分に驚いたけど、そうさせているのが何なのかは、分かっていた。

元気がない明石さんだ。

はっきり言って地味だし、傍目から見て分かる快活さはないが、意思の通った声や相手の目を見て話す時の朗らかさは、彼女の真っ直ぐな性格をよく表していた。おれが打ち解けるきっかけにもなった。

でも今は、くすんでいた。

スカートからわずかに見える膝小僧に、新しいアトピーの傷が出来ていたし、いつもゆるやかに、でも綺麗に結ばれている髪の毛も所々飛び出して、淀んだ雰囲気と不潔感を強めている。

勝手にしゃべり倒すおれに、「ああ」とあからさまな生返事をするのも、以前ならありえない事だった。明石さんは、おれが話をする度に大きく頷いたり考え込んだりして、責任を伴った言葉を発する人だ。自分が話す時も、話題の深度はおれに合わせて掘り下げたり切り上げたり、器用に調整していた。そういう女の子だった。

前回までのおれたちは授業中に、様々な話をした。二回目の写生終わりに彼女が見せたあの行動は多少気になったけど、全体で考えれば取るに足らなかった。互いの家族構成の話、友達やクラスメイトの話。そのほとんどが他愛なく、心地よい薄さでその場に重なった。でもごくたまに、お互いの好きなモノや将来の話をごまかさず話したのだ。明石さんは好きな画家を沢山教えてくれた。

クリムトの描く女性の豊かさ、ゴーギャンとゴッホの性格の違い、画風の違い。知らない名前ばかりだったけれど、おれは全く退屈しなかった。それどころか彼女の話は無駄なくまとまっていて、興味を引かれた。不思議な事だった。明石さんはやっぱり、人物画が好きなのだそうだ。「伏見君は？」と聞かれ、おれは好きな写真家を答えた。風景やモノ単体をえぐるように写し出す作風で、インターネットを中心に活動しているアーティストだ。笑われるかもしれないという不安で、怖かった。好きな写真家がいるなんて、よく考えるとまるで意識高い系じゃないか。こんな事、誰にも話した事ないのに。

でも明石さんは笑わなかった。おれの説明は拙かっただろうけど、熱心に頷いては質問を挟んだ。新鮮な嬉しさがあった。多分、生まれて初めて美的感覚を人と共有したからだと思う。

たまに降りる沈黙の間にも明石さんは絵を描き、おれはそれを覗くかボーッとしていた。手すりから下は檻のようになっていて、その隙間からぶしつけに伸びる木の枝を触った。乾いていた。やがてまた、ぽつ、ぽつと会話が始まり、考えては言葉を発し、また心安く沈黙して、笛が鳴ったら解散した。穏やかな時間だった。

おれたちが教室で話すことはなかった。

「なんか花一つ飾るのにも方角とか気にしてさ」

今の明石さんは真っ直ぐ前を向いている。おれの顔を、見ない。

「そのうち変な石とか買ってくるんじゃないかって」

「ごめん」

人の話を遮るように話す彼女は珍しかった。

「……話の途中で、本当ごめん。あのさ、何回か前の写生で、かっちゃんの話したよね」

かっちゃん。

「絵の上手い子。前、スマホで見せたじゃん。あの時、すごい抽象的なことばっか言っちゃって、恥ずかしいし忘れたいんだけど」

そこまで言うと、彼女は膝丈のスカートをねじった。

「この世界を見て描いて、本当にすごくて、もうそれだけでいいのに」

「社会とか生き方とかお金とか未来とか、よこしまな眼だよね」

あの時、幼馴染の絵をおれに見せてそう言った彼女は、限りなく悔しそうだったのだ。

「あやふやで観念的な言い方になっちゃったのは、具体的に言うと面倒くさくなるからで、その、かっちゃんは」

真夏がすぐそこまで来ていた。おれは胸の中心から白いポロシャツをつまんで、パタパタと動かす。

「かっちゃんは」

明石さんは言葉を探しているようだった。おれは相槌を打つどころか、頷く事さえ出来ずにいた。

「……かっちゃんそのものでしかないのに、かっちゃんの事を説明しようとすると、どうしてもかっちゃんを分類したり、限定したりしなきゃいけない」

彼女の肩が小刻みに震えている。いつもはまるで直線のようにしっかり届く声が、今日はあちこち滲んでぼけて、その輪郭を不鮮明にしていた。

「かっちゃんは、分教室にいるの」

心臓が脈を打って、じわり厭な熱を広げていく。

「分教室は、かっちゃんにとって楽しい場所なんだよ。サンコーの行事に向けて仲間と頑張ったり、ここの常任の先生も、勝夫《かつお》くん、って下の名前で呼んだりしてくれて、絵もバザーでグッズにしたりしたし、なのに」

真っ先に浮かんだのは、「カツオの真似」と言いながら揺れる古川の顔だった。手で顔を覆っている明石さん。声を押し殺して泣く姿を見て、おれは狼狽した。

「分教室が、どうかしたの？」

と聞くと、明石さんはゆっくり首を振った。鼻をすする音が聞こえる。彼女の頭に降りかかる木漏れ日がいやに明るくきらびやかで、おれは初めて夏の明るさをうるさいと思った。

古川が、何かしているんじゃないか。

そう結びつけるのは簡単かも知れない。でも当時のおれからすれば、「菌」遊びと分教室における何らかの危機、この二つが重ならない方がおかしかったのだ。ボードにシャーペンでぐちゃぐちゃの線を描いた。こめかみのあたりがカッと熱くなり、手先は逆に血の気が引いて心地悪かった。なにか描いていないと落ち着かず、でもそれは、生き生きとした自然ではないのだった。

「こういうの違うよね」

落ち着くために深呼吸を繰り返しているのだろう明石さんの肩は、オルゴールの仕掛けみたくゆっくり上下する。不意に出るしゃっくりや嗚咽《おえつ》で度々リズムが壊れるけど、しばらくしたらまた同じように動き出す。

「なんか伏見君なら、分かってくれるような気、して。分かってくれなくても、あいまいに納得はしないように、思って。でも、なんか違うね」

大石は何て言うかな。

次に思い浮かんだのは、鼻にティッシュを詰めてうつむくあいつの顔だった。分教室のメンバーでも、明石さんのスマホに広がるあの圧倒的な肖像画でも、古川の卑しい目でもなかった。自分の判断であらゆる事に怒り、「許せない」と言い切る大石のすべらかな顔だ。

あいつなら明石さんに駆け寄り、事情を聞き出す事など容易に出来るかもしれない。もし古川が関わっていたら燃え盛るように怒るだろうか。関わっていなかったらそれはそれで明石さんの涙に引っ張られ、泣くのか。おれには理解出来なかった。どうしても理解出来なかった。

認めたくないけど、この感覚はアレと似ている。

「ガイジ菌」を唱え歩き回る古川を、嘲《あざけ》った女子の笑い声。電車の中で酔っ払いに出会った時の、方々で笑う声。それに交われない自分。あの疎外感は表面的な部分に過ぎず、心のどこかでおれは、彼らに共鳴出来ない自分を「綺麗なモノ」と思っていたのかも知れない。どんな人間でも簡単に蔑視しておかしみには変えない、「綺麗な人間」だと。

でも、
おれは唇を噛んだ。でも、いざこうして見るとどうだ。今の明石さんを見てさえ、真っ直ぐな心配を向けられない自分がいた。彼女の行動を怖いとすら思っていたかも知れない。社会からはみ出したものを笑えない、馬鹿に出来ない。そのくせ、いざ純度の高い真っ当な感情を目にすると、おれはほとんど引いてしまうのだった。大石が古川に食って掛かった時もそうだ。「よくやるよね」

赤い口をきゅっとあげた、女子の発言を思い出した。よくやるよな、そうどこかでおれも思っていた。だけど口にも表情にも出さなかった分、こっちの方が数倍卑怯だった。自分の気持ちを発露する彼女たちは、きちんと相手に向き合っていた。

どちらにも着地出来ず浮いているおれは、ろくでなしだ。

明石さんは今、きっと自分ではない誰かのために、耳を赤くして泣いている。その事が理解出来なかった。どうしても理解したかった。笑ってしまいたくなんて、なかった。

「そんなに好きなの？」

絞り出すようなおれの声に反応して、明石さんがゆっくりこちらを向く。

「その、かっちゃん、のこと」

今でもたまに、この時の自分を思い出しては落ち込む事がある。おれは完全に馬鹿で、言葉も思考も全てが足りていなかった。それでも口から出た言葉はそれのみで、間抜けにも程がある。背中の汗がのしかかるように流れた。

「そういう問題じゃ、ないかな」

しばらくして聞こえた、明石さんの諦めたような声、すぐに伏せられた目とむっちりした頬の勾配。

「関係ない話してごめんね」

*

かるた部はかるたをしない。

よくある弱小文化部の惰性で、部室には漫画やゲームがおいてある。

音を立て引き戸を開けると、そこには数人の女子が円になり、座っていた。こちらを一瞥して作業に戻る子、物珍しそうに見てくる子など、様々な女の子がいたが、どれも見知った顔ではない。畳の温かな凹凸を足裏で確かめながら、おれたちは軽く会釈をする。

大石がおれに目線を送る。おれも大きく頷いて、それに応えた。

おれらの代のかるた部は、ほとんど女人禁制の雰囲気があった。明確にそうと決まっていたわけじゃないけど、色んなジャンルのオタク男子が肩の力を抜ける場所として、ここは機能していたのだ。鉄道、映画、アニメ、特撮、アイドル、彼らに張り合っていける程の趣味を、おれは全く持ち合わせていなかった。しかしそれぞれが別のベクトルを向いている空間は、気を遣わずにいられて楽だったのだ。彼らも彼らで、「非オタク」のおれに熱心な布教活動をしてくれた。

二年経つと、こうも変わってしまうのかと驚く。

「こんにちは！　もしかして今日来るって言ってたOBの」

ひときわ肌の白い子が、人懐っこそうな笑みを浮かべ円から顔を出した。そう、とおれたちは声を揃える。

「部長の岩谷《いわたに》です」

岩谷さんがこちらにやってきてお辞儀をすると、鎖骨くらいまである髪がさらり動いた。

おれも背筋を伸ばして、一応、

「二年前まで部長だった伏見です」

と挨拶をする。棚一面に揃えられていた新旧のライトノベルは、かるたや百人一首の指南書に変わっている。分厚いものから、パンフレット程度の薄い冊子まで、種類は様々だ。大石は何か言いたげだった（恐らく、自腹を切って揃えたいくつかのシリーズの行方について）けど、とりあえず黙っている。

「伏見先輩に、大石先輩ですよね」

おれたちの顔を交互に見ながら、はっきりと岩谷さんは発音した。

「先生から聞いています」

おれたちはたじろいだ。不真面目に漫画やアニメの話ばかりしていた大石（副部長）と、オタクの聞き役をしていたおれ（部長）。当時の顧問がろくな評判を流すはずがなかった。真ん中でまるくなり、熱心にかるたをしている女の子たちに、どんな顔で接すればいいのだろう。しばらく、不自然な沈黙が流れた。

「良くない話聞いちゃってるでしょ」

やがて薄笑いを浮かべる大石。口元にはうっすら髭が生えているけど、こういう時に率先して場を摑もうとするのは、昔と同じだった。

「俺たちまともに活動してなかったからな」

そう言って肩をすくめてみせる姿は、あの頃と何も変わっていないように見える。むしろ、先輩にいじられた後の仕草そっくりだった。

でもこの時でさえ、あいつの言動に薄暗いモヤがかかったような鈍さを感じてしまうおれがいた。本心なのか分からず、どうしても表情が不透明に思える。別に今に始まったことではないけど。大学に入ってバンドを組んで、缶ビールのプルタブを開けて、あいつ自身のコミュニティで人と関わっていく過程に、何かがあったのだろうか。

それと同時に、さっきおれ自身が言われた事も気に掛かった。

大石は大石で、大学に入ってからのおれを「暗い」と思っているらしいのだ。心当たりはなかった。むしろ今の環境は、過去のおれを洗ってくれている。ゼミの居心地も良く、研究室の仲間も気さくで接しやすい。

視線に気付いたのか、大石は片方の眉をあげてこっちを見た。おれはすぐ天井に目を移す。

「私たちこそ」

おれたちの様子になど構うことなく、大きな瞬きをする岩谷さん。輪の方を見て、苦笑する。口に手を添える仕草がお嬢様らしい。

「あれ、かるたじゃないですから」

あの子たちに気付かれないように、よく見てみてください。声を潜めて言う彼女に従い、目を細める。ちら、と隙間から見えるものは、確かに取り札ではなさそうだ。カラフルな、と思ったら白黒で、冊子だろうか。大小のイラストを目で追ううちに、おれは全てを理解した。大石も、なぜかホッとしたような笑みを浮かべる。

畳の中央に散らされていたのは、女性向けの同人誌だった。

「新しい顧問がうるさくて、先輩たちのコレクションは撤去しちゃったんですけど、実はこれとかも」

岩谷さんは本棚から一冊の単行本を取り出す。「おもしろいほど分かるかるた術」と書かれた表紙をとると、そこにはソフトカバーのボーイズラブ漫画があった。おおお、と大石は何に対してだか分からない歓声をあげる。

「かるた部の伝統は、守りますから」

彼女の冗談めいた口調に、おれも思わず笑い、よろしく、と返した。

あれは、高二の夏休みに入って間もない頃だった。

関東の障害者施設で起きた無差別殺傷事件。七月二十六日の未明、元施設職員だという男は刃物を用いて入所者十九人を刺殺、職員含め二十六人に重軽傷を負わせた。その後男は近くの警察署に出頭し、まもなくして逮捕される。おれの住んでいた地域からはかなり離れていたけれど、「戦後最悪の殺人事件」として、この出来事は大きく報道された。

おれはテレビを前に、ただ歯磨きをしていた。母さんが焼き立てのパンにマーガリンを塗る音。父さんが新聞をめくる乾いた音。朝の幸福な匂いと音に包まれ、しゃこしゃことブラシを動かすだけだった。光沢のある机を前にしたキャスターの面持ちは、晴れず深刻だ。

母さんが何か思いついたような声を出したから、父さんもおれも彼女の方を見る。しかし本人はすぐに首を振り、「なんでもない、マーガリン切らしてたかなって」と笑った。

おれにとって身近な「障害者」は、分教室の面々だ。体育祭、奥のコートで玉入れをしているあの子や、文化祭、中庭の左側でバザーの呼び込みをしているあの子だった。一緒に補習教室の掃除をした、あの生徒たちだった。同じ学校にいても日常的には関わらない、限られた曜日にしかサンコーへ来ない、あの子たちだった。

猟奇的な事件は、どこか別の世界の出来事のように感じられた。画面の向こうで泣き崩れる遺族の姿を見ても、おれの体温は変わらなかった。しかし胸の奥の方から、ちくちく刺してくる感情があった。

大石はなんて言うかな。

ふとそう思ってしまう自分が苦々しい。口の端からぬるい液が垂れ、ミントの匂いが鼻を衝く。慌ててそれを拭い、おれは洗面台に向かった。


登校し、教室に着くと、教室の温かみ、レーザーのように各方向へ飛び交う会話はいつものもので、相変わらず古川の席は空っぽだ。ただの夏休み明けだった。「おはよう」と声を掛け合って、席にリュックを置く。どすん、と響く鈍い音も、すぐ喧騒に呑まれた。明石さんは誰かと控えめにおしゃべりをしていたけど、大石の姿は見当たらなかった。

おれはそのまま漢検の申し込み書類を出すため、事務室に向かった。階段を下りて右に曲がると、丸襟のブラウスを着たおばさんが受付で肘をついているのが見えた。

その一つ手前が分教室だ。

九月六日、今日は火曜日だから、分教室の生徒はいない。しかしいつも通りでいようとしても、体が意識してしまうようだった。その場で何度か足踏みしたけど、結局おれは我慢出来ず、窓をそっと覗いた。

思わず息を呑んだ。何か、いけない秘密を知ってしまったような気持ちになり、足早に柱の陰へ隠れる。心臓の音が落ち着くのを待っている間、自分の口が半開きである事に気付き、ゆっくり閉じた。サンコーの始業は八時ちょうどと早いから、まだ、チチチと鳴く鳥の声が聞こえる。

古川がいた。かがんで、何かを誰かの机に入れていた。

すぐに明石さんのしぼんだ背中、毎朝のニュースのあれこれが頭の中を巡る。ずっと継続して組まれている報道特集、言葉にならない声を叫ぶ人々、その口角に溜まる泡、泳ぐ目、笑顔に泣き顔。

一体何をしているのか。おれの胸中は次第に、よくない予感で満ちていった。するとと乱暴な音がして、ドアが開く。

「大石じゃん。何しに来てんの？」

それに応じる、妙に明るい声。ここからは見えないけど、おそらく古川は笑っているのだろう。五秒ほどの沈黙のあと、あいつが机を指で弾いて鼻歌を歌うだけのいやな時間が続いた。だんまりの大石がどんな表情をしているのかまでは、見当もつかなかった。事務のおばさんが、柱を背に立ちすくむおれを怪訝そうに見る。あそこにまで声は届かないらしい。閉塞的な廊下には、逃げ場を失った八月がそのまま発酵しているかのような暑さが、いやに淀む。

「お前こそ、なに、してんだよ」

短く区切られた声。アイシング、とおれは思った。夏休み前最後の体育であざを作った大石は、膝を冷やすために保健室からアイシングのセットを借りていた。きっとそれを返すついでに、おれと同じくここを覗いてしまったのだろう。

べつにい、古川は間延びした語尾で答え、また、声を出して笑った。コツコツコツ、と爪で物音を立てる。何か静けさを恐れているような、そんな感じだった。足音も絶えず響いていて、落ち着かない様子で教室内を移動しているのが分かる。

「出てけよ」

しばらくして、大石が声のトーンを落として言った。

「なに」

「いいから出てけ」

そして、硬いものが砕けるような音がした。机や椅子が乱暴に引かれる音も。思わず息を殺す。喧嘩に縁のないおれでも、それが人間をぶった時の音だというのは理解出来た。うう、というカのないうめきに被せるように、古川の荒らかな声が聞こえる。

「なになになに、俺なんか悪い事した？　何も知らねえだろてめえ。なんで出てかなきゃなんねーんだよ、黙れ。つうかお前が出てけ」

熱のこもった息の一つ一つまでが、こっちに伝わってくる。はらわたがずっと浮いているようで、不快な心地だった。

ゆっくりと、大石が立ち上がるおぼつかない音。

「知ってるからな、古川」

その言葉のあと、二人はしばらく黙った。その間にチャイムが鳴った。おれたちは誰も、教室に戻ろうとしなかった。気付けばもう、事務員のおばさんはいなくなっている。

「お前、分教室の人たちいじめてるんだろ」

ゆっくり口を開いた大石。思わず唾を飲み込む。さっきまで絶えず音を立てていたはずの古川が、妙に大人しい。

ちげえよ。それだけ言って小さく笑う。いつもの人を嘲るような笑いではなく、どこか寂しそうな、情けない笑いだ。

「そんな奴がここで何してんだよ、出てけよ」

「具体的に何?」

「は?」

「具体的に俺が何したか、言ってみろよ」

黙り込む大石を潰すような、舌打ちの音。食堂の列で、教室で、体育館で、古川が発しては皆を遠ざけた舌打ちの音。でもいつものそれより、弱々しい。

「言えないいだろ、でも俺がいじめてる事になってんの。知ってんだよ、保護者の間でも言われてんだろ、それ。知ってんの。あんたがこんな子になるなんて、って言われたし泣かれたもん、ババアに。俺とあいつらの事なんて誰も何も知らねえ癖に」

「じゃあ、なんで」

「うるせえ」

「なんで菌遊びなんて始めたんだよ」

「うるせえっつってんだろ」

ガシャン、という威圧的な音が耳を叩いた。椅子か机かロッカーか、何か大きなモノを蹴飛ばしたらしい。

「マジうるせえよ。あんな遊びやってすいませんね、最悪ですね、だから何？それでお前に迷惑かけたかよ。いつまでも善人ぶってんじゃねー、死ね」

古川は勢いよく続ける。

「死ねっつうかさ、そもそもさ、俺の方が死ぬべきだと思ってんだろ、お前。

弱い人をダシに菌遊びした俺、生きてる価値、ないって、思うだろ」

「急に、何だよ」

生きてる価値ない。
さっさと死刑にしてくれ。
いやでもさ、正直気持ち分かるくない？
偽善者乙（笑）
マジで犯人キモイ、顔もなんかキッツイなこれ。整形？

電車内で流し読んだツイート群、追いかけたハッシュタグが、脳の奥で再生される。目線を、足元から上に移す事が出来ない。それらヘドロの粒は濁流みたいに激しい勢いで集まり、脳裏をきたなく、きたなくしていく。

古川の鼻水混じりの声は所々掠《かす》れて、もうじき消えてしまいそうだ。めちゃくちゃだった。

そこから、大石は何か考え込んでいるようだった。古川の喘ぎ泣く声だけが、がらんどうの教室に響く。クリーム色の硬い絨毯が敷き詰められた廊下に、窓から光が落ちる。

「それとこれとは、違うだろ」

長い時間のあと、ゆっくり口を開く大石。

「違わねえよ」

「最後まで聞け」

強く落ち着いた口調だった。

「普通にさ、教室戻ってこいよ。確かにお前のした事は最低だし、ひどいけど、このまま逃げて一人ウジウジしてたらもっと最低になるぞ。自分のした事を理解してるならさ、変われるかもじゃん。ここで何してたかは知らないし」

それに、と大石は続ける。

「お前の事、嫌いではあるけどさ」

「きもいんだわ」

間髪入れずに発される、古川の声。ぐちゃぐちゃで、闇雲にぶん投げるような頼りない声。

「お前本当にきもい。なんで、嫌いな人間にちゃんと死ねって言えないの。寄り添うな、おこがましいんだよ、死ね。多分本気で思ってんだろうな、信じらんねーわ。戻って来て欲しいとか変われるとかさ、きちんと綺麗な言葉、平気で並べて、きもいな。俺は最低なんだろ、じゃあちゃんと憎めよ、許すなよ俺の事。なんでそれが、出来ないんだよ。突き放せよ、嘘でもいいから死ねって言えよ。加害者の状況や気持ちも汲んでます、ってか。知ったような口利いて。いやマジで、きもいなあ」

古川は言い終わったあと、鼻をすすって短く笑った。

「お前みたいな奴には一生わかんないと思うけど、そういう事されると自分がめちゃくちゃ汚いみたいで、ゾッとするほど嫌なんだわ」

バーカ、と言って、古川は歩き出した。おれが背を預けた柱の後ろで、普通にドアが開いて、普通に閉まる。心臓の音が、ばくばく加速する。事務室の前はそのまま昇降口へ向かう階段になっているから、おれのいる方向へあいつが来るはずはない。柱のおかげで姿も見えていないだろう。それでもやはり、身動き一つとれなかった。

五秒ほど間があって、大石は小さくため息をついた。聞こえてくるのは、寂しく小さな足音だ。また普通にドアを開けて、普通に出て行った。おれは、ひとりぼっちになった。

汗がじんわり広がっていく。この一角は授業らしい授業を行う部屋がないからか、異様なくらい静かだ。柱にもたれたまま、思わずため息をつく。その場で固めていた足をぎこちなく動かし、空気と自分とを、ようやく馴染ませる。なんとなくスラックスの折り目と、タテヨコが均等なチェック模様をさわる。

古川は、分教室の机に何を入れていたのだろうか。

大石がその話題に触れていないところを見ると、おそらく現場を目撃したのはおれだけなのだろう。

気付けばおれは柱を回り、分教室のドアを開けていた。

帰りのＳＨＲ《ショートホームルーム》に、先生はなかなか来なかった。

よく覚えていないけど、とにかくおれは大石以外の誰かと話していて、いつも通り笑ったり頷いたりしていたと思う。その場の誰もが、今朝のおれたちの遅刻なんて忘れていた。隣に座っていた男子が物理の参考書を閉じて、スマホゲームの輪に加わる。それ以外の奴らも時計を見やりながら、ぞろぞろと。皆が席から方々に散りかけたその時、定刻から十分を過ぎてやっと、引き戸が開いた。

「座りなさい」

開口一番、それだった。体格が良く美人の吉岡先生が大きな声を出すのは珍しい事ではなかったけど、あの時の声は何か、鉛を胸に打ち付けられるような強い重さがあった。

「今からアンケート用紙を配ります」

何の、と返す前列の女子には一瞥をくれるだけで、しかし何も言わない。

配られた紙はクリーム色の薄いもので、はじめにこう書いてあった。

【匿名調査　分教室におけるいじめ問題について】

プリントが全体にまわり、皆も内容のシリアスさに気付いたようで、いつの間にか教室は、張り詰めたように静かになっている。

「音を出したら負け部屋」だ、おれはそう思った。昔から大人が何か説教をする時、小さなハコから大きなハコまで、その空間では音を出したら「負け」になる。咳やくしゃみも出来るだけ避けたいその場所を、おれはずっとそう呼んでいた。

ポケットに入れた紙が、重い。

「知ってる人もいるかと思いますが、分教室制度が一時的にストップしています」

あの時おれは、分教室の机の中から便箋を見つけたのだ。

「その原因の一つが、高二生徒による嫌がらせ問題です」

四つ折りの一つの面に目立つよう、カツオへ、とだけ書いてある。右肩上がりの尖った字には見覚えがあった。おれは一人きりの部屋を見渡し、窓の外に誰もいないことも何度も確認してから、それを開いたのだ。

「皆の保護者から沢山問い合わせがあって、私たちは事実確認をしています。いくつか二択の質問がそこにあるので、答えて下さい。知っている事は自由記入欄に書いて下さい」

【お前が手紙を読む事はないだろうし、もしかしたらもうあの教室にすら来ないかも知れないから、これはただの自己満です。ただ自分の気持ちを整理したくて、筆をとりました。

俺は、人と関わるのが苦手です。

これだけはずっと変わりません。分からないんです。どうしたら皆が笑ってくれるのか、どうしたら相手と楽しんで会話出来るのか。自分を認めてくれるのか。俺は基本、自分の事しか喋れません。そんなのクソほどつまらないのは、分かってて、だからこそ話せば話すほど自分に穴が空いていくみたいで、辛いです。俺は周りの誰よりも、俺の事がきらいで、そこだけは譲れないんです。

カツオに初めて会ったのは三か月前、昼休みの事でした。手のひらをチョップの形にして、手すりを叩くお前を見ました。少し、気持ち悪いと思いました。嬉しかったです、明らかに自分より異質なものを見たから。き

Aマッソ加
初の小説集・

ご案内
2023年1月

これはちゃうか

加納愛子

クッキーこぼしながら
読んでや〜
加納
これはちゃうか
加納愛子
河出書房新社

“意味”も“救い”も“共感”も
あるのやらないのやら、
全6篇の陽気な作品集

●定価1540円（税込） ISBN 978-4-309-03081-4
写真：石田真澄
河出書房新社 〒151-0051 東京都渋谷区千駄ヶ谷2-32-2
tel:03-3404-1201 http://www.kawade.co.jp/

出版の

納愛子、
説集！

『こころ』を
むか　増補版

石原千秋責任編集

永遠の問題作は今いかに読まれうるのか。エッセイ、対談、必読研究論考など、これまでの『こころ』論をベストセレクション。増補版。
▼二〇九〇円

探偵フラヌール

高原英理

「フラヌールしよう」そして僕たちはゆるやかに街へ飛び出す。メリとジュンに導かれながら詩歌溢れる小宇宙を巡る最高の連作小説。
▼二四七五円

ックの
香り

物語も、詩も、批評も、呪いも、祈りも、呻きですらも包括する「小説」という表現形態に気鋭の詩人が挑む、っと全員そうだろうと、思っていました。これを共有すれば、自分も皆と繋がる事が出来る。

でも違いました。気持ち悪さに安心する俺は、思っていたよりもだいぶ気持ち悪い生き物でした。お前のキモさを語る俺を、皆は、化け物でも見るみたいな目で見ました。ああこの感覚、と思いました。自分が何を話しているのか、自分の話のどこが面白いのか分からなくなって、止めるタイミングも摑めなくて、まずいガムを嚙み続けるようなこの感覚。いつもと何も変わらなくて、絶望しました。

しかしそれでも四号館に足を運び続けました。不思議とお前の事が気になったのです。学校行事や交流があるために、数人の顔は俺も覚えていました。でもカツオ、お前の事は、知らなかったんです。

お昼になるとお前は、きまって階段を上ったり下りたりしていましたね。大体楽しそうな顔をしていて、飽きず足を動かし続けるあの姿。もう今となっては懐かしいですが、ふっくらしたその背中、メトロノームみたいな揺れを見続けるうちに、俺はぬるま湯に沈んでいるような気分になりました。お前は俺の目を見なかったし、俺もただ、踊り場にいるだけだったのです。面倒くさい交わりが生まれない空間は、俺にとって癒しに似た何かでした。

話しかけたのはカツオの方からでしたね。

あれを「話しかけた」と取っていいのかは分からないけど、とにかくお前は俺の目を見て「ほ」と一音、言いました。まるい顔に、隙間なく満ちる笑顔を覚えています。俺がほ？　と聞き返すと、カツオは右腕をぐるりと回して喜びましたね。

衝撃でした。

人と感情のキャッチボールをするには、技や材料が要ると思っていました。良いボールを貰うために、相手に合わせて投げ方を工夫しなければならない、もちろん話題というボールもしょっちゅう持ち替え、当たり前の話からたまに見せる個性まで、色んな角度から、器用に相手にぶつけなければいけない。俺以外、全員がなんなくそれをこなしている不思議も、俺自身の焦りも、正直うまく摑めないままでした。

でも、ただオウム返しするだけで、カツオは笑ってくれたんです。

その場で立ち尽くした俺をよそに、チャイムが鳴りました。お前は腕をぶるんぶるん回したまま、教室へ戻っていきます。小さくなる背中を見て、俺は視界が温かく滲むのを感じました。そのままでいいんだ、そう誰かに言われたように思えたのです。俺は今でも、この事件以前と以後で自分は違う人間だと、実感しています。

だから、教室に行か】

びっしりと文字が詰められた便箋は、それだけだった。続きがあるのかと思って裏返してみたが、濃い筆圧がデコボコになっているだけで何もない。最後の一行は何度も考えたのか、消し跡とシャーペンの生んだ溝が密に重なっている。

「五分経ったので、もうすぐ集めます。後ろから前に、用紙を裏にして回しなさい」

吉岡先生の声で我に返る。大急ぎで、マークシートの丸を順繰りに塗っていく。

【五、全く知らない】

【三、どちらとも言えない】

【五、とても仲が良かった】

【一、変わらない】

【五、全く分からない】

【三、どちらとも言えない】

【三、どちらとも言えない】

【三、どちらとも言えない】

設問はほぼ読まず、無難と思われる選択肢を繋いでいった。いつもの考査とまるで変わらないみたいに、教室のあちこちで咳ばらいや、鼻を啜る音がする。斜め前でうなだれている大石を、なるべく視界に入れないよう注意した。それから、二列目の端で突っ伏している明石さんの震えも。おれの頭は変に冴え、彼らを意識すればするほど心臓がじんわりねじれていくようだった。

ＳＨＲが終わると、「音を出したら負け部屋」はぎこちなく元の喧騒へと戻っていった。数人がおれの机の前で雑談を始め、その時初めてアンケートの内容を知った。皆がおれと同じく、無難な選択肢を繋いでいったという事も。いつも通り彼らは部活の道具を手に、あっという間に消えていく。黄色やら深緑やら、すっきりしない色の制服が行き交うのを見て、おれは小学生の時に吐いたニラ玉のゲロを思い出した。


「大人って感じしますよ、先輩たち」

ピンクの電気ポットを三人分の湯呑み（これも薄いピンク）にあてがいながら、しみじみ言う岩谷さん。ＯＢに熱い緑茶を出すのは、かるた部のならわしだ。

「大学生感出てる？　やっぱり？」

照れて前髪をしきりに触る大石と、笑うおれ。三人とも畳の上で思い思いのかたちに座る。明らかに大昔のものと思われる「かるた全国大会」の表彰状が、茶色く褪せて鴨居に載っかっている。

「大学生感というか、余裕、なんですかね。いい意味でくたびれた感じというか」

そこまで言ってから、話は再び名物教師の近況に戻った。理科の誰それは異動しちゃったんですよ、とか、じゃあ古文の誰それはまだいる？　とか。大人って感じ。

おれは突然、でも衝撃や驚きといった強い感情は全く伴わずに、一つの事を理解した。

当たり前だけど、二十歳を超えたら大人に見られる。

でも通過儀礼のように、その日を境に一人前として認められるなんてことは無くて、これまでと同じようにゆるやかな坂道を少しずつ、登っていくしかない。

おれと大石が互いに感じていた暗さや鈍さのようなものは、きっと〝おとな〟の兆しだ。色々なものに対する取捨選択や諦めが見えないシワとなって、きめ細かく刻まれているのだ。シワの形作る影がどんなに当たり前のものでも、純真な高校時代をよく知っているおれたちは、互いがふと見せる表情に怯えてしまうのだろう。これはきっと、人間として健康な成長の過程だ。

じゃあ、とおれは思う。
じゃあ、おれのどこが変わったって言うんだよ。

敦子の場合

坪井《つぼい》さん、坪井敦子《あつこ》さん。対象ではなく空間全体にひろく渡るような受付の声に、うちは「はい」と答えた。スマホをポケットに仕舞おうとするも角が引っ掛かり、手こずる。

高校には行けないのに、ここの予約をすっぽかした事はない。

雰囲気が好きなのだと思う。世間的にマイナスイメージのある精神科だが、どの部門より、人を生かすための医療を行っていると分かる。心臓が動き脳がドバドバ指令を送っている状態、血が、酸素が回って五体満足を維持している状態、それら物質的な生の奥の、どうしようもない何かを救いたくて、皆ここに来ている。それは目に見えない苦しさに屈していない証拠でもある。

うちはナターシャが好きだ。ナターシャもうちが好き。

「どうぞ」

扉の向こうから声が聞こえて、やっと安心する。部屋には見慣れた白熊の置物と、正三角形の黄色い机がある。髪を後ろで低く束ねたナターシャは、パソコンの前で感じの良い笑顔を見せた。今日も化粧っ気がない。

ナターシャと呼んでいるのはうちがそうしたいからで、本当は「前野先生」だ。下の名前は名札に書いていないから分からない。昔読んだ本の挿絵で、瓶底眼鏡で黒髪を結っている女の子がいた。その子と先生がよく似ているから、勝手に同じ名前で呼んでいるのだ。初めて理由を話した時、

「なるほど。私、本当にあなたの事好きだわ」

ひとしきり笑ってから、彼女はそう言ってくれた。ナターシャは嘘をつかないから、本当だ。

彼女は全部知っている。小学生の頃から、今に至るまでのうちを全部。

診察はいつも通りに進められた。最近どう、と聞かれ、まあまあかな、と笑う。それからいくつかの質問に答えて、向精神薬の量を確認する。処方箋を青いファイルに挟んでもらったら、終わりだ。

うちが部屋を出ていこうとしたその時、ナターシャは「待って」と声をかけた。けして威圧的ではないし温度があるけど、こちらの一挙手一投足を完全に

支配してしまう不思議な声。

「次の診察は、保護者連れてきてね。薬の規約が変わるから、色々書類とか書いて貰う事になるけど」

予定によると次は水曜日だから、仕事の休みである母親が同伴することになる。あの人に、小難しい書類が書けるだろうか。うちは不安になりながらも、

「はい」と返事してドアを閉めた。


母親にその旨を伝えると、案の定目を見開いて、

「キヤクも何も、薬自体は変わらないんでしょ」

と言った。まあとにかく付いてきてくれればいいから、とだけ返し、ミートソーススパゲッティをくるくる丸める。父親が来られないのなら、しょうがない。家族は皆バカ舌で、単純なメニューを好む。辛うじて冷蔵庫にある健康そうなものは野菜ジュースくらいで、ジャンクフードの作り置きがみっちり詰められている。まるでアメリカみたいだ。うちは満足しているからいいけど、サラダ然としたサラダはファミレスでしか食べたことがない。何せ朝ごはんがス

パゲッティなのだ。

「あんた、今日はどうすんの？　家？」

「いや、学校行くよ」

小さい頃張り付けたアニメのシールが褪《あ》せて残る壁。画鋲で留めた時間割を横目にそう言うと、母親は、おおお、と大きな声で叫び、大きな胸と腹を揺らして拍手した。母親の拍手は「ぱちぱち」というより手のひらの肉同士がぶつかるような音で、「みちみち」と表現する方が正しい。

「すごいね！　あっちゃんの時代、きたね」

みちみちみち。

みちみちみち。

「めでたいから、パパ起こしてこないと」

キティちゃんがプリントされたジャージをのっそり翻《ひるがえ》して、巨体を奥の座敷へ向ける母親。クリームパンのような指先で襖を開けるとそこには、ステテコに褪せたバンドTを合わせた髪の長い男が寝ていた。やせ細ったふくらはぎと、取って付けたように大きい足。言わずもがな、うちの父親だ。

「パパ、あっちゃん学校行くって」

彼の三倍はありそうな体の母親が大声を出すと、父親は布団を放り投げて辺りを見渡した。「今、え、何て?」畳の端には、昨日二人が楽しんだのだろう焼酎瓶とグラスが置いてある。寝床で酒を飲むのは体に悪そうだと、うちは常々思う。

「嘘やろ? 高校受かってからあんな渋ってたんに」

おおお、と今度は情けない声を出す。みちみちみちみちみち。彼は、何を生業《なりわい》としているのかよく分からない人だ。昔聞いた時はギタリストだったけど、今は小説家であるらしい。しかし坪井家は、多少家は狭くとも生活に困窮してはいなかった。うちはタンスから自分の鞄を引っ張り出し、手あたり次第に教科書を詰め込む。何がいるのかさっぱり分からないからだ。サンコー、この地区のありきたりな公立高校に入学してから、今日が初めての登校だった。

単位が危ない、と切り出されたのはついこの間の事だ。七月の頭、余命宣告をするにはやや早いから、もしかしたら挽回出来る今の段階で、強めの警告を出してくれているのかも知れない。電話の奥の担任は神妙な声だった。「とにかく、来てもらわない事には」とか、「成績は二の次だから」とか、そんな事を言っていた。神経質そうな男だ、と思ったけれど、得体の知れない不登校児に対し慎重な口調を選んでいるだけなのかも知れない。

とにかく、うちは学校へ行くことにしたのだ。

「かっちゃんも喜んでんで」

兄が父親の後ろから顔を出して、うちを見るなり噴き出すように笑った。にんまりして立ち上がり、揺れながら、食卓付近を見渡している。今日はすこぶる機嫌が良い。

「人の顔見て笑うな」

うちがそう言って鞄を肩にかけながら頬を三度つつくと、兄は目を爛々《らんらん》と光らせ「あいすー」と言う。身支度をする家族は、皆買い物に出かけるものだと思っているのだ。なんだか可笑しくなってしまって、こっちまで笑う。

「坪井さん」

声のする後ろへは目を向けず、うん、と答えると、メダカはするすると、うちから見て反対の壁へ泳いでいった。ぴかぴかの、長方形の水槽。黒い蓋というか枠というか、とにかく水を綺麗にする装置がついていて、五匹いる彼らとうちとの間に、一寸の濁りもなかった。

うちはどうやら知らない間に、生き物係になっていたらしい。

「エサ、ほら」

この学校はおそらく、生徒それぞれが何かしらの係を担当するシステムで動いている。各教科に二人ずつの専属係、ホームルームでプリントを配る係など。通常それらは学期の一番初めに決まるわけだから、とりあえず余った所にうちの名前を入れたのだろう。

「ありがとう」

振り向いて、チャック付きのパックを受け取る。中に入った小粒のエサを手のひらに注ぎ、少しずつ水槽の上から落とす。

「ばか、入れすぎ」

しかし、罵倒された。茶色い眉毛にほくろの埋まった女の子が回り込み、「それ半分戻して」と、うちの手にこんもり残ったエサを指さす。いきなりの出来事でとても心外だったけど、特に逆らう理由もないから「ごめん」と言う。

「エサ入れすぎると、水汚れるから」

「あんた、名前は？」

「……いや、初対面であんたとか、言わないで」

やや驚いた顔をされたが、初対面で「ばか」もそうそうないと思う。及川《おいかわ》だけど、と言いながら、華奢《きゃしゃ》な指で頭を掻いている。少し砕けた空気を感じた。

「坪井ちゃんって、なんで学校来なかったの」

「いや、サンコーにあんま良いイメージなくて」

「それだけ？」

「まあ、第一志望落ちたのも、想定外だったし」

じわじわ心地が悪くなり、思わず紺のリボンを触る。咳をしてからもう一度、口を開く。

「てかなんか、制服ダサいね、朝着てびっくりしちゃった」

ひとしきり笑ってから、まあね、と及川さんは頷く。お昼の教室は忙《せわ》しなかった。水槽は荷物置き場の上にあって、皆が動き回って落とす影やスマホリングのきらめき、太陽光だけでない様々な情報を反射しては輝く。ポンプが、コポポ、と音を立てて泡を吐いている。

「でも、びっくりした。不登校って聞いてたから、もっとなんていうか、繊細で近寄りがたい感じの人だと思ってたんだけど。堂々としてるね」

余計な意味を一ミリも含まない純粋な調子で、及川さんは言った。褒めてくれているのだろう。まあね、と答え、椅子の上で伸びをする。

「五限って何」

今日は特に単位修得が危うい（らしい）英語を受けに来ただけなので、午後には帰ろうと思っていた。それでも一応、聞く。

「体育だけど」

そうなんだ、と返しながら、うちの頭は完全に帰宅モードへとスイッチした。


「なんでまた！　洗ったばっかやのに」

アパートのドアを開ける前から、父親の嘆きが聞こえていた。雷のように兄が怒りうめく声と、地団駄の音も。聞こえてきた言葉から察するに、兄が台所を嘔吐物で汚したか、風呂場をうんこで汚したかのどちらかだな、と推測する。これは経験則だ。深呼吸を二回行って、やっとうちはドアノブを回す。

「ただいま」

返事はなかった。きつい酸の匂いからして、原因はゲロの方で間違いない。

「シンクじゃなくてトイレで吐け言うたやん、何べんも。どうして出来ひんの？　なあ」

父親が布巾《ふきん》を片手に詰め寄るほどに、兄は不服そうな顔を赤くして泣く。自分の腕をぶんぶん回して地団駄を踏む。ぷわあああああ、とサイレンのような声を響かせる。母親はというと、赤茶けたちゃぶ台の下で足をクロスして、太めのタバコをゆっくり吸っている。心ここにあらずといった感じだ。

一応言っておくと、「兄みたいな子」が全員こう、という訳ではない。ただ兄の「こだわり」が、私たちのバッグを寝室の隅に重ねる事だったり、コレクションしたレシートを丁寧に布団の下へと隠す事だったり、風呂場で脱糞する事だったりするだけだ。「兄みたいな子」は決まって吐き癖がある、なんて訳もない。

「どないすればええ？　もう限界や」

うちはくずおれる父親の背中に手を置いてみるが、骨の角ばりや細さ、それと無駄な肉のなさに胸がすぼまってしまい、慌てて離す。父親に泣きつかれる事なんて、今までに何回でもあったのに。それと同時に、ボケッとして静観を決め込む母親への怒りがじわじわとこみ上げる。

「ママ、何してんの。かっちゃんに怒りなよ」

「ほんまに、他人事ちゃうぞ、おい母親、なんならここ、あんたが片付けてもええねんで」

おそらく父親も私も、彼女が次どんな行動を取るかなんて分かり切っていた。もしくはその先の流れまですべて。それでも怒って、怒らせて、一言ずつ傷つけて傷ついて、何回も同じ喧嘩をするのだ。

「じゃあ働けよ」

灰皿にタバコの先を押し付けながら、母親は口を開いた。これもいつものセリフだった。白くふくよかな二の腕が、黒いタンクトップから伸びている。

「朝昼晩働いてるの。少しでも金が欲しくて土日じゃない時に休み貰ってんの。

ほぼ中卒の女が身一つでやれる仕事なんて、たかが知れてる。でもやってんの、二十年も。責任ってそういうもんでしょ。あたしの代わりにあんたは勝夫と敦子の世話をやるって、ちゃんと決めただろーが。へこたれて被害者ぶってんじゃないよ。黙って洗濯して飯作んなよ」

母親の口調と、それに応じて震える父親の肩。しかし、彼は絶対に手をあげないという事も、そっぽを向く母親の目に、本当は涙が溜まっている事も、うちには分かっていた。ぴいいい、と不機嫌そうな声を出して、兄がうちの鞄を所定の位置に置く。ジッパーをあけ、うちの財布を取り出す。

「ちょっと」

彼の目当てが金でなく、まっさらなレシートの収集である事も、もちろん理解していた。しかしこの時のうちはなぜか、ざらついてなかなか抜け出せない苛立ちに、すっぽり包まれていたのだ。

「やめて」

丸まった背中をはたいて財布を奪い取ると、兄は口を開いたままとても心外そうな表情になる。必死の形相でうちの腕をつかみ、肘から下にガブリと嚙みついてきた。ぬるり滑るような感触の中に、鋭く差し込まれる歯。あーあ、くそが。気持ち悪い。この瞬間、いつも思うことがある。まずはかっちゃんに歯磨きをしっかり教え込んだパパへの感謝。そのおかげで、傷口が膿むのを未然に防げているから。次に、毎日死ぬ気で稼いでくれているママへの感謝。金がなければ、全てを笑い話に変換するエネルギーもきっと絶えてしまうから。あとは「今嚙まれた部位がどれだけの軟度か」という事。人体は柔らかい部分になればなるほど、酷いあざが残るというのが我が家での常識だから。

　そして、今まで私が学校や電車や病院など、さまざまな空間で出会った同年代の事。

　世界にはかっちゃんとこの痛みと自分しか存在せず、例えば、中学の頃人気だった村瀬くんも、同じ電車で見る女子高生も、ついさっき話した及川さんでさえ、全く分かり合えない生き物のような気がしてくる。今の状況が、この日常がバレたらもう、そこで彼らとは終わりだ。可哀想だとかヤバいとか、そういう簡単な言葉に押し込められ、括《くく》られ、一線を引かれてしまう。勝手に同情して、勝手なセンチメンタルで優しくしてきて、中にはそうだ、「反応に困っちゃう」奴もいるんだろう。大げさなその態度が既にうちらを疎外しているなんて、きっと思いもしない。そうして全部無かったことにされる。お互いを大切に思う気持ちも、他の家と同様に、ゴールデンタイムの番組を見ながら健やかに笑うことも、無かったことにされる。

いや、そいつら、何も悪くなくない？

頭の中で問答が始まる。いつも通り、ヒートした思考にどんどんメスが入ってしまう。

今うちさ、痛いんだよね？　辛いのはほんとだよね？　それに暴力は、家族でもなんでも、許されないよね？

そんな単純じゃない。確かに辛いけどさ、本当の部分は、根っこは幸せなんだよ。

なら堂々とすれば？　うちは何に怒ってるわけ？

いや、だって、じゃあどうすれば、
必死だなあ、自信がないいんじゃん。

うるさい、

負い目感じてるよね？　必死に他人を「薄っぺらい」「浅い」事にしなきゃ、敵にしなきゃ、前向きに家族の話出来ないのかな、可哀想に。

うるさい、違う
本当は、恥ずかしいんだ？

うちは泣き叫び、かっちゃんの短い髪を摑んで引っ張った。痛みは鈍く離れ、唾液で濡れた歯痕の部分がひんやりする。引き出しにみっちり仕舞っていた記憶と違和感が、土砂崩れのようにうちを襲った。兄は赤ちゃんみたいに顔をくしゃくしゃにしてうちを見ながら、自分のした事に驚き泣いている。あーくそ、好きだ。

「大丈夫か」

父親が、貧相な手でうちの肩を摑む。その手を振り払うようにして玄関へと急いだ。壁に張られた、大小様々な兄の絵画が胸を打つ。暴力のむごさは、痛みそのものなんかじゃない。自分がもう決定的に「普通」でない、「普通」になれない可哀想な状況に置かれているのだと、被害者なのだと、物理的な印でもって突き付けてくる所にある。寂しかった。赤いの青いの緑の黄色いの、どの痣《あざ》もうちを、うちら家族を孤独にする。うちは兄が、つまりかっちゃんが、パパが、ママが、好きだし好きと言いたいのに、それは健康な感情なのに、痣があるだけでここは陰鬱な家庭になってしまう。かっちゃんの事が嫌いじゃないのに、こんなにお互いを愛しているのに、あれは派手な喧嘩だったねっていつか絶対素敵な思い出にしてやるのに、痣が「てめえは傷ついています」と怒鳴ってうちを呪う。

傷ついてたら、なんなんだよ。

アパートの裏は、夏特有の濃い匂いで満たされていた。容赦ないほどの日光も、生え放題の雑草さえも、もうそこにある夏らしさ全部が正直で、馬鹿みたいに嬉しかった。スマホを取り出し、無我夢中でスワイプする。サンダルに汗が滲む。

何回かコール音が鳴って、彼はすぐに出た。

「どうした？」

あの年の九月は、ずっと夕暮れだったような気がする。今からじゃ考えられないけれど、うちは本当に小柄な子供で、背の順ではいつも一番前に並んだ。それは中学でも変わらなかった。

だから初めて会ったあの人は、熊みたいに見えたのだ。

「ごめんなさい」

大きな体躯《たいく》を丸め、地面に額をこすり付けるその姿。玄関の前に立ち、ただ黙ってそれを見ているうちら。全てが珍妙な光景だった。まだセミがわずかに鳴いていて、忙しないその音が存在している事で、やっと呼吸が出来た。それでも少し、息苦しかった。

「それで、なんなん」

最初に口を開いたのは父親だった。

「あんたのせいで分教室がごちゃごちゃなっとるんは、よく分かった。勝夫に関しては何も知らんけどな。じゃあ、何しに来たん？　というか、何でこの家が分かったん？」

短く刈り込まれた後頭部は上がらない。制服から伸びる逞《たくま》しい腕も両脇に揃えたままだ。

「よお顔見せに来れたな」

そう吐き捨てるように言って、父親は腕を組んだ。

「あんたは謝ったらすっきりするやも知れへんけどな、こちとら気分が悪なるだけや」

うちは母親の腕に巻き付き、兄は父親のそばで機嫌良く揺れていた。時々「チョットマッテヨ」とか「あこちゃーん」とか、男に話しかけるように言葉を発していて、うちにはそれが不思議だった。機嫌が良い時の兄はよく、親しい人間にオウム返しを求めて短いフレーズを言う事があった。しかし目の前の男は、「勝夫君にひどい事をしました」と語った人間なのだから。あの、と言いながら男はやっと顔を上げ、尻のポケットから四枚の便箋を取り出す。「これを、勝夫君に」

しかし父親は三秒ほど男を睨んでから、いらんわ、と手を振った。「頼むから帰ってくれ」抑揚のない声で言うと、そのまま家の奥に戻っていく。薄暗い空から、ぽつ、と雨が落ちてきた。汗と土が独特の湿気を醸し、夏を引きずるようなこの季節特有の匂いを作り出す。

「ごめんけど、ここ狭いアパートじゃない。あんまり長くそうしていられると」

母親は膝を折って、正座したままの男を覗き込んだ。ピンクのジャージから大きなふくらはぎが見え、白い肌に雨粒がついている。過剰に作られた笑みの顔から、うちは彼女の真っ直ぐな嫌悪を理解した。返事がないと分かると、彼女もまた踵《きびす》を返して家の中に入った。響く足音。兄は笑顔のまま、それについていく。

「敦子、雨降ってきたから入りな」

母親が奥から呼び掛けてきたけど、首を振った。何々ちゃんと約束してる、とか何とか、友達の名前を出した事だけは覚えている。

扉が閉まると、雨は叩きつけるように加速した。うちらは小さなアパートの角部屋に住んでいて、からし色で統一されたポストとドアは廊下の突き当たりにある。

うちと男は、ずっとそこにいた。

男、というより当時は少年だったのかもしれないけど、中学の同級生の幼さに比べたら、大きなスニーカーや腕の筋まで全てが大人の男だった。側溝に流れる水は、砂ぼこりや髪の毛と混じって灰色に汚れている。

「それ、なんでかっちゃんに？」

うちは雨の音に負けてしまわないよう大きく、でもなるたけ自然な風を努めて言った。

「かっちゃん、文章読めないよ」

「……知ってるよ、だからだよ」

デニム生地のカーゴパンツが、湿気でごわつく。男はずっとうつむいていた。分厚い唇から発せられる言葉もどこか頼りなく、そのまま地面に落とされたものが、跳ね返ってうちに届くようだった。別に気を付けなくても、彼は自然と声が響く人種らしい。

「どうせ、この手紙は保護者に渡るだろ」

「うん」

「だからそれ利用して、弁明しようとしたの。いじめはしてませんー、遊んだだけですー、って。カツオに向けてる体で」

でも、と男は言葉を継ぐ。

「お父さんは、多分それも見透かしてたんだな。図々しいとすら思ったかも。死にてーわ、まじで。わざわざカツオの普段いる学校まで行ってさ、後つけてここ来たりなんかもしたんだぜ」

力なく笑う彼を見て、鋭利な寂しさが四方八方からうちらを刺してくるような気がした。

地面に向けられた目がちらりとうちを覗くと、胸の上あたりがきゅっと締まった。慌てて目を逸らしながらも、何か自分に出来ることはないか、そう考えた。

「俺、浅ましいよな」

目の前の男は、もしかすると兄を傷つけた悪人かもしれないのに。

「じゃあ、うちにちょうだい。うちが全部、ちゃんと読むよ」

しかし男は首を振る。

「無理。さっきのお父さんの顔見て、めっちゃ恥ずかしくなったから、無理。多分どっかに捨てるわ」

そう言って立ち上がる彼の手から、折り目が入った便箋をむんずと掴み取る。一枚取り損ねたものがその場に落ちたけど、そのまま廊下を走って、鉄製の隙間だらけの階段を駆け下りた。かんかんかんかんかん、と小気味良い音が鳴る。折り返しの踊り場を走る時だけ音が弱まるから、リズムがついて面白かった。土砂降りの中、外に出ている人はほとんどいない。地面で起こる小さな飛沫が途方もなく続いていて、水たまりの表面も波打って忙しなかった。うちは「おかめちゃん」みたいだと言われる自分の髪が邪魔で、思い切って耳にかけた。

しばらくして、男が自分を追いかけてくる音が聞こえた。うちは逃げなかった。ただ道路の真ん中で、いつもと違う街の姿を眺めていた。白かった。初めて雪に染まった町を見た時より、ずっとうつくしく、別世界だった。

「おい、返せ」

彼がうちの背後から便箋を抜き取ろうとする。それをかわしながらびしょ濡れのそれを広げると、ぼけぼけに文字が滲んで、折り目の部分が少しちぎれた。何が書いてあるのか、所々しか分からなくなっている。ごみ屑となったそれを見て、男は伸ばしていた手を下ろす。その大きな筋張った手をだらしなく垂れる水滴を見て、うちは何故か胸がかゆいような、耳があついような、不思議な感覚に囚われた。ざあああああ、と容赦なく全身に叩きつけられる水の粒。男の眉間で、控えめに寄るシワ。

「うち、そんな子供じゃ、ないし」

指先も額も熱を持っているのに、鼻の頭だけが、冷えている。

「どうせ分かんないと思って、さっきの話、うちにぶつけてみたんでしょ」

項垂《うなだ》れる男の、しっかり焼けた首筋。カーゴパンツから覗く大きなふくらはぎ。見てはいけないものを、こっそり見ているような気分だった。生まれて初めて、細く痺れるように胸が高鳴り、そんな自分に驚く。

「そんな、そんな事しなくてもさ、うち分かるんだよ」

あんたさ、
言いかけた瞬間、トラックがクラクションを鳴らしてすぐ側を通り過ぎた。

そんな悪い人じゃ、ないんでしょ?

エンジン音の中、高く響くうちの声が果たして聞こえていたのかどうか。今となってはもう分からないけれど、とにかく男は聞き返さず、ただこっちを見ていた。互いに、瞬きすら忘れていたと思う。

目に滲む水滴をグーで拭ったら、男も丁度同じタイミングで同じ事をしていた。

やがて彼は笑い出した。さっきの諦めたような笑みではなく、心の底からの笑顔だ。がちゃがちゃした歯並びを見ているうちに、うちも可笑しくなってきて、笑った。三枚ともその場に落として、二人で勢いよく踏んづけた。水が跳ね、うちの棒みたいなすねにかかった。二人ともびしょ濡れだった。

玄関前に落とした一枚を彼が回収して、それからどこにやったのかは、知らない。

そこから色々な事があったりなかったり、とにかく目まぐるしい日々が続いた。あの頃からうちは背がめちゃくちゃ伸びて、一六七センチになった。中学を出て、男が辞めた高校に入学した。そういえばその辺りで、友達の飼い犬が死んだ。苦手だったコーヒーが飲めるようになった。

その時の記念に、二人で照明の暗い喫茶店に来ていた。

曇りガラスの仕切りに背を預けながら、同じ銘柄のコーヒーを注文する。入学記念に家族で写真を撮った後だった。充満する煙草の匂いがおろしたての制服についてしまうとか、うちはそういう事を心配できる女の子ではなかった。むしろ、あからさまに体に害であるそれが鼻を衝くと、どこか安心感を覚えてしまう自分がいた。いつからか、男、古川辰巳《たつみ》も喫煙者になっていたのだ。

「チョコパフェ、要らないの」

指で灰を落としながら冗談を言われたので、思わず噴き出してしまう。わりと最近まで、辰巳と会うのはもっぱら隣町のファミレスだった（近所だと、同級生やその親といった知り合いに会ってしまうため）が、そこで頼むのは決まってチョコパフェだった。というよりも、朝昼晩いつでも、それ以外を注文する事が出来なかったのだ。懐かしい。うちはふざけて、テーブルの下にある足に蹴りを入れる。

「ってえ、折れたわ今。完全にいったわこれ」

すかさず太い眉を寄せ、辰巳は笑う。しばらく大げさにすねをさすっていたが、それからゆっくり両手をテーブルの上で組んだ。指の節は年輪のように丸く、黄色い爪は対照に四角く、大きい。刈り込んだ黒い髪は少し傷んでいて、ちかちか揺らぐシャンデリアの光をあまり反射しない。

「うん、やっぱそっちのが似合ってる」

「何がだよ」

うちがこめかみ辺りの髪をつまむと、辰巳は、ああ、と相槌を打った。

「あれは見てられなかったもん」

「そうか？　職場の人、だいたい金パにしてっけどな。リベンジしてえけどな」

首を傾げながらも、結果、全頭を染め直した辰巳を可愛く思う。今、目にきらきらと光を隠さず話す無邪気さも。

「実は紹介したい本、あって」

鞄をごそごそと漁る辰巳。「また？　引くほど興味ないんだけど」そう言いながらも、うちの口元はふっと緩んでしまう。

うちら兄妹には、日常に小さな縛りを作ってしまう癖がある。

兄の場合のそれは、レシートの収集癖であったり、玄関の靴を決まった順番に並べたりなどだった。うちにも、歴代の学生証を全て胸ポケットに入れる、鉛筆は全て十五センチまで削ってから使う、というこだわりが表れたが、兄より顕著だったのが「ルーティン」に対する徹底した意識だった。

例えば中学へは、徒歩で通っていた。家からの距離は可もなく不可もなくといった具合で、石造りの階段を三つ通る、なんてことないルートだ。

二年生の秋頃、と思う。友達と一緒に二つ目の階段を上り切った先で、たまたま、道路工事をしていた。ドリルの音、あとは「ごめんな、迂回してもらえるかな」と言うしゃがれたおじさんの声。その頭に乗るヘルメット。うちらの背程はある看板。

「遅刻はないにしても、ギリギリになるね。これは」

三角公園の方から行こ、と言って、友達は元来た道を引き返した。うちらの後ろにいた下級生の男子三人組も、同じように歩き出す。赤、黄、茶、豊かな色の落ち葉がアスファルトを埋め尽くし、彼らは何食わぬ顔でそれを踏み越えて行く。

うちはと言うと、その場から動く事が出来なかった。

背骨を端から端まで砕くような脱力感と、予定通りに行動出来ない事への寄る辺ない怒り、ありったけの不安、焦り、困惑、全てがいっぺんにやってきて、うちの脳みそをぎゅっと絞った。どうしようどうしようどうしよう、なんでなんでなんで？　たとえ遅刻しないにしても、いつも通りのやり方で、正しい時刻に着けないなら家に帰った方がましだ。友達が訝《いぶか》しそうにうちの肩を叩く。

次の瞬間、喉元から酸っぱいものがこみ上げてきて。


「これ！　三島由紀夫の『命売ります』ってんだけど」

辰巳が文庫本を顔の横にもってくる。くたびれた表紙には、膝を抱えた男が細く掠れた筆致で描かれていた。

「はあ」

いつからだろう、辰巳が読書を趣味とするようになったのは。

最初は、何かを熱心に調べているようだった。ケータイで連絡がつかない時、彼は決まって市の図書館にいて、難しそうな新書ばかり漁っていた。タイトルにある共通した語句や文言から、うちは必死で目を背けた。辰巳も辰巳でうちの存在に気付くと、毎回バツが悪そうに表情を硬くし、不自然にべらべらと喋りだした。「なんだお前か気付かなかったよ、何、公園とか行かねえの？　まあ今日寒いしな暖取りたいよな分かるわ、俺もそんな感じ」そして司書に注意されると舌打ちを返し、そのまま出口へ歩いた。大股でずんずんと歩く彼に、息を切らしてついていったのを覚えている。

「ごめん」

隣接する公園に入ると、辰巳は背を丸めて、いつもそう言った。

「……でも知りてえし、たくさん許してえの」

何の話、いみわかんない、そう呟くうちに背を向けたまま、突然彼は走り出す。滑り台のてっぺんまでカンカンと音を鳴らして登ると、「お前ほんと、のろいな！」そう屈託ない笑顔で叫ぶ。うちは急に嬉しくなって、小走りで滑り台の麓へ向かった。赤く、ところどころ剝げた側面に【対象年齢は4〜9才です】と書いてある。辰巳が滑り出す瞬間に砂を摑んで、台の着地部にふっかけた。「うわやめろ、服汚れんだってガチで」うちの笑い声と、なすすべなく斜めに落ちていく彼。「馬鹿にするから」「おおこわ」ジーパンについた砂粒を払う、まだ今ほど野性味のなかった手のひら。

やがて彼の興味は物語へと移った。

いつからか彼の読書に対する姿勢は軽やかに、さっぱりしていった。覚えていないけど、読んだ小説のあらすじをうちにあっけらかんと話す（時に薦めさえする）ようになった。「分かった」とか「気付かされた」とか、そんな事を話していたと思う。「知識とか理屈じゃない部分の気付きが、俺には足りてなかったから」

うちはというと、今も昔もそこまで本は読まないし、好きじゃない。

「すげ、コーヒーゼリーだけで八百円」

メニュー表を片手に、辰巳が細い眼を丸くする。その仕草に思わずハッとして、うちは短いため息をついた。「まあでも遠慮せずさ、好きなもん食いなよ。入学祝いもかねて」彼が笑うといつでも、目尻に寄ったそのシワをなぞりたくなる。

本格的に生き辛いと感じたのは、あの時からだったと思う。

うずくまるうちの背中に恐る恐る置かれた友達の手も、自分の手のひらを伝う嘔吐物のすえた臭いも、何より自分自身が、圧倒的に異物だと感じた。きもちわる。同じ色の服ばかり着てしまうのも、鉛筆の長さにこだわるのも、そうか、この世界では、社会では、まだまだ異常だ。今まで兄のようにあからさまな迷惑をかけていなかったから良かったものの、こんな不透明な世界で、ルーティーンや決め事を目印として配置する方がおかしいのだ。前提が違う。友達。勉強。楽しみ。充実。クリアな生活。人間関係。個人的な習慣なんて、その中にそっと置かれるものじゃないか。通学路が急に変わった程度で取り乱すなんてのは、ありえない。

診断名が付いて薬を飲むようになった小学生の時から、うちは徹底して、気持ち悪さに自覚的だった。持病に対する向き合い方には個人差があるらしいが、うちはずっと「普通」を目指していた。人の表情に敏感になって、目立たない行動を心掛けた。前髪を軽くしたのもスカートを折ったのも、「標準の無害な女の子」になりたかったからだ。実際、多少の粗相や失敗は経験したものの、無難な立ち位置の友達がそれなりに出来たし、自分自身も集団の中におとなしく溶け込んだ。「こっち側」の人間がクラスで浮いていると、他の誰よりもそいつの事を軽蔑した。うちはきちんと、空気だった。そんな自分が誇りだった。

しかし、結局のところ自分は異端で異常で、宇宙人なのだ。

この世界の構図は、自分対全ての他人だ。密度の高い絶望を脳天に打ち込まれる、それくらい大きな衝撃。兄が〝ああ〟なのだから、せめて自分は、気持ち悪くも見ていられなくもない位置をキープしている、はずだった。身勝手な事をしない、社会からはみ出さない。普通に育つ。それだけの事に、どうしてここまで神経を使わなければならないのだろう。安心したかった。自分で何かを選べと言われると、はみ出してしまうのが怖くなった。ずっと何もかも定まっていて欲しかった。ああ本当に、なんで道路工事なんてするのだろう。どうして皆、何事もなかったかのようにルートを変えられるのか。予定から、きちんと設定した「普通」から零れ落ちることが、怖くないのか。

それからしばらく、うちがファミレスで頼んだのは安いチョコパフェだけだった。そう縛ったからだ。

「お待たせしました、プリンアラモードです」

うまそ、とにわかに子供っぽい表情になる辰巳は、今日も作業着姿だ。水色とグレーを混ぜたような、鈍い色のつなぎ。方々に散ったペンキの汚さが、ほの暗く整えられた店内にそぐわない。浮いているといってもいい。しかしそれでも、うちと彼は混じり気のない笑顔で向かい合った。

「嘔吐事件」があってから、うちのうちに対する縛りは日に日にエスカレートした。学級日誌がいつもの場所にないと教室でパニックを起こしたし、家では決まった時間にしか食器を出させなかった。一日三十回は手を洗ったし、どんなに腹が膨れていても特定のコンビニで同じお菓子を何十個も買った（家で捨てることもあった）。もっと色んな場所で体調を崩したし、エチケット袋は必需品になった。そして何より、
辰巳に会わないようにしていた。

あの男は、あの男とうちとの関係は、「普通」の範疇外だから。

メールのやり取りも電話も全て遮断した。辰巳を好きだという感情と、人に言えない関係性を恥じる気持ちを比べると、途方もなく高い所で後者の方がち

ょっぴり勝っていた。苦しいけど、仕方のない事だった。日々増えていく縛りに反して、自分だけが宇宙から来てしまったかのような孤独と不安は高まるばかりだったけど、A組の鷹野《たかの》さんにすれ違いざま笑われたり、癇癪《かんしゃく》の最中で男子に心無いヤジを投げられたりしたけど、おとなしかった時代の友達はもう跡形もなく消えていたけど。疎外感に気付く以前よりも遥かに、うちは宇宙人になっていたけど。

辰巳は、静かに怒った。

うちがかつてゲロを吐いた地点のちょうど二メートル手前に、辰巳は立っていた。中三の夏、一人で下校している最中の事だった。つなぎの袖を腰で結んで、片足に重心を預けながらこっちを見据えている。「睨む」という単語が使えないくらい、感情の色が読み取れない。しかしただ見ているのとは訳が違う、力強い眼差しだった。

葉っぱの色が、プリクラの垂れ幕みたいに分かりやすい緑色をしていて、それがあまりにキラキラ輝くものだから、いつでも夏は鬱陶しかった。小さい頃から変わらず不快だ。

うちは階段の一段目、つまり限りなく坂のてっぺんに近い場所で彼に気付いた。自然と見下ろす形になり、つま先もその場で止まる。スクールバッグを固定する右手の指先に、汗が滲む。

辰巳は、すう、と息を大きく吸って、

「許せないんだわ」

と口を開いた。

当然、何の前触れもなく音信不通になった事を、責められているのだと思った。後ろめたい気持ちが急に背中辺りでもぞもぞ動き出し、うちは辰巳の顔を直視出来ない。

「ごめん」

「謝らなくて、いい」

「なんで」

「俺が許せないのはお前自身じゃない」

慎重に言葉を選ぶようにして、彼は話し始めた。三丁目の東で、道路工事に携わった事。うちと同じ制服の女子が通りすがりに、「坪井のやってる事、病気過ぎるよね」と揶揄する声が聞こえた事。

「……その子たちに怒ってるの？　いやでもさ、それは違うって。自分が悪いんだもん」

　そう言って、うちは一層背筋を伸ばした。陰口を言われる事には慣れていた。それにもう、「普通」になりたいという当初の目標より、明日や明後日も同じ事を繰り返すという安らぎに、半ば中毒のような状態だった。じゃあこの後どうしよう、いつも通りブラックサンダーを五個、フエラムネを二個コンビニで買って、パッケージはハサミで細かく切ってから捨てて、その前に手を五回洗って、

「多分お前はさ、そのままで全然、よかったんだよ」

　もとより、不機嫌になる時や怒る時は、何か巨大な怪物を押さえつけているような苦い表情で無口になる人だった。それは何かの裏返しに見えたし、ただ寡黙でいるのとは違うと、ずっと感じていた。しかし目の前の彼は、あまりに明瞭な純度で、真っ直ぐな言葉をうちにぶつけてくる。無駄がない。中学の奴らに遭遇してから、うちの異変が持病に因《よ》るものではないか、と思い、二、三

年ずっと通い詰めている図書館で、沢山調べた事（コミュニケーション能力が〝普通〟な分、信じてくれるまでに時間がかかったけど、もちろん辰巳には内情を話していた。最終的には「症状が軽いってことか」と納得していた）、それらの本を見て分かった事、同じ病気にも色んなタイプがある事、うちが「受動型」と呼ばれる事、そして神経を頭から指先まで張り巡らせて場の空気を学び、守っていた事、きっと自分との対話でさえも、莫大なエネルギーで〝普通〟を構築していたのだろうという事、きっと溜まりに溜まった不安が爆発してしまい、うちが苦しんでいるのだろうという事。その苦労に気付けなかった自分の不甲斐なさを、悔やんでいる事。

「だって、そりゃさ」

うちは思わず笑ってしまう。

「当たり前じゃん、気付いてほしくないもん。身の回りの物、人の物をべたべた触るのは変、とか、皆で行動してる時は周りのモノに気を奪われないように気を付ける、とか、同じ人をずっと見るのはおかしい、とか、逆に見なさすぎるのもダメ、とか、全部、自分で気付いて直してきたのに、かっちゃんと違って、直せるから直してきたのに、それにちゃんと慣れてきたのに」

それなのにさあ、とまた口角をあげるうちを、ただ無表情で辰巳は見据えている。うちが話し終えるのを待っている。なんで笑ってくれないのだろう。真面目な顔をされると、辛い。

「でもさ、結局、人に迷惑かけちゃったし、多分これからもかけるし」

目が厚ぼったく熱を持つのが分かった。

「それなら、もう何してもダメじゃん。うちは一生そういう枠のそういう人だよ、やべー奴だよ。うちはさ」

そこまで言ってから、ようやく気付いてしまう。「普通」になりたくて辰巳との連絡を絶った訳じゃない。単純に、自信が無かった。嘔吐事件の事も、話したら引かれると思った。将来この男の前で、自分の地がうっかりこぼれてしまうのが嫌だった。辰巳のせいじゃない。関係が変だからでもない。単純に、うちの嫌な部分を好きでいて貰えるわけがないから、そう確信してしまったから。

「俺は」

彼は、うちの事が多分、本当に大事だったのだ。お互いにそういう言葉を口にする事はまれだったけど、その表情は、口調は、どこまでもうちに対して真摯なものだ。なんで信じられなかったのだろう。

「お前が、お前を許してあげられない事が、すごく辛いし許せない」

うちは人差し指で、目の周りを拭った。アイラインを引いていたから、昔のようにグーでこする事は出来なかった。

「完全に普通じゃなくていいから、たまには迷惑をかけちゃっても、いいから。俺もまだまだおかしいとこあるし」

そこで初めて、辰巳は表情を緩めた。引き締まった頬に綺麗なえくぼが出来て、うちはまた視界が滲んでしまう。

「だからさ、丁度いいとこ、探そうぜ」

うちらは約束をした。彼の前では素でいる事（とは言っても仕草とか話し方とか、染みついてしまったものはちゃんと普通のままだった）。疲れた、しんどかった出来事はお互い口に出して発散する事。通っている精神科や学内カウンセラーなどの専門家も、しっかり頼る事。他人に配慮しているのは素晴らしい事だけど、無理はしないように。自分を嫌わず、許す事。

時間はかかったけど、うちの縛りは少しずつ緩くなっていった。大人しい、とお世辞にも呼べる性格ではなくなったけど、それでも友達は戻ってきた。皆は「面白い」「楽しい」とうちを褒めてくれたし、いつしかうちも、自分の事がそこまで嫌いでもなくなった。

チョコパフェ以外の食べ物も、少しずつ頼めるようになった。


うちは先月十六になり、辰巳は十九になった。

目を覚ますと、うちの体に毛布が掛けられていた。行為の最中だった事は覚えていて、申し訳なく思いながらも、のっそりと起き上がる。兄に嚙まれた部分がまだずきずきと疼く。ごめんね、と言いかけると、辰巳は、

「あんま無理すんなよ」

と遮るように呟いた。がっしり日に焼けた背をこちらに向けて、いつものよ

うに煙草を吸っている。うちは、彼の不器用な優しさが好きだ。自分の事をあまり話さず、一つ一つ言葉を選ぶ慎重な所も。確かにそれが先天性の性格じゃないのだって、昔あった出来事によって寡黙になっているのだって分かっていたけど、屈折して影を作っている部分でさえ、愛おしいのだ。

でも、うちらは決して過去の話をしなかった。する必要がなかった。今ここに在る互いや、天気や芸能人や食べ物、道端に落ちている面白い物なんかで、十分話題は事足りた。うちらはとても気が合った。

スマホを手に取ると、父親からの着信履歴がズラッと表示される。午前四時三十七分。一瞬怯んだけど、「ごめんなさい、もうすぐ帰る」とだけ打ち込み、すぐに机の上に置いた。ベッドの端でしわくちゃになったシャツを着て、抜け殻のようなハイソックスを履く。しかし本当に色気がない、と思う。背ばかり高くて痩せっぽち、胸も尻も平坦な自分の体は、彼の屈強な体つきにはいつも見合わない。

うちは履きかけの靴下を引きずりながら辰巳の方へ寄っていき、すっきりとした筋肉だけの腰へ腕を回す。背中はかたく、むき出しの鉄の匂いがした。

「それでここに、名前書くんですね」

母親の字は汚い。うちだって到底褒められたものじゃないが、多分その数倍は汚い。彼女がボールペンを取ると、恥ずかしくて思わず眉を顰めてしまう。うちが指摘すると途端にむくれて、黙ったまま修正テープを引く。嘘みたいだ、と毎回思う。その様子をさして不思議がらないナターシャの方がうちには不思議で、変。

「……と、いう感じになります」

ナターシャはスリムだから、でっぷり肥えた母親と向かい合うと首の長さが目立つ。淀みなく話す唇も、薄く整っている。

「よく分からないけど、夫に相談してみます！」

説明が理解できない事を開き直ったのか、やけに元気な声で言う母親。あのお父さんですか。そうですね、そうしてください。ナターシャの優しい微笑み。集団行動が苦手だったうちを初めてここに連れてきてくれたのも、診察に付き添ってくれたのも、坪井家の主夫である彼だ。日本には、正しく助けを求める術《すべ》も助けてくれる場所もあるのだと、エプロンの紐を結びながら言っていた。彼の受け売りだけど、精神科は「元気になるための所」かつ「元気を維持する場所」でもあるから、特に心を病んでいない今でも、うちはメンテナンスを受けにここへ通院する。
あの日みたいな喧嘩は日常茶飯事だった。かっちゃんの癇癪時にうちが家を飛び出すのもよくある話だったが、流石《さすが》に夜が明けて帰宅するのは初めてだった。鍵をゆっくり開けて、そろりと靴を脱いだ。メイクを落としたくて、百均の鏡を片手にちゃぶ台の前に座る。父親は黙って、うちの前にクラムチャウダーを置いた。メモがマグカップのふちに貼ってある。【この季節でも夜は冷えます。知らんけど、ちゃんと帰ってくるように】
母親は小さなバッグを片手に「労働労働！」と言いながら、保冷剤を渡してくる。「腕、ちゃんと冷やさないと、治り遅くなるよ」そう言い残して、颯爽と出ていく。
兄の布団の前に、散らばったクレヨンが見えた。その下には三枚ほどの画用紙が、乱雑な様子で重なっている。

「かっちゃんか。ええけど、片付けせんことにはなあ。踏むでこんなん」

うちの視線に気付くと、父親はそう言って頭を掻いた。今日は緑のエプロンをしている。

起こさないようにそっと、ぼろぼろの畳をつま先立ちで歩く。厚い質感のそれを全て抜き取って、ちゃぶ台の上に並べてみる。三枚とも、同じ人物のようだ。

まるで囲んだみたいに重いおかっぱの女の子が、強い彩度の中で笑っていた。


「うち、忘れ物したから先帰ってて」

駅までの道中で母親にそう告げた。おっけー、と軽い返事を貰い、急いでナターシャがいる雑居ビルの五階へとUターンする。風がなく晴れていて、日を受けたアスファルトが白くて明るい。

ノックをして診察室に入ると、ナターシャは鷹揚な構えで微笑んでいた。

「戻ってくると思ってた。いいわよ、ちょうど次の枠空いてるから。話す事があるんでしょう」

そのまま椅子を勧められ、うちは、ありがとう、と返す。ゆっくり腰を下ろして彼女と向かい合うと、やっぱり緊張に心がほだされてしまうのが分かった。

「さっき、先週の金曜に初めて高校に行ったって、話したけど」

どんなに声が震えても、ナターシャはずっと同じ角度からうちを見つめる。過度に同情したり慰めたりは、絶対にしない。黄色い机を挟んで、静かに頷く。

「本当は違くて。実はその前の日にも、午後から行こうとしてて」

途切れ途切れ途切れの言葉を繋ぎ、話の回り道や沈黙を何度も重ねて、うちは全てを話した。


親に登校を宣言する前の日、午後一時前に家を出た。六限のコミュニケーション英語に出席するために図った、思い付きでの行動だ。

ひどく暑い日だった。太陽が、刺すと包むの中間みたいな照り方で、うちの肌を焼く。家々が落とす影を頑張ってはしごしながら、学校へと向かう。

途中で、二人のおばさんとすれ違った。どこかの家の塀から、ひまわりが頭を出していた。

少し歩くと、轟《とどろ》くようなかっちゃんの泣き声が聞こえた。嫌な予感で顔周りが熱く、かゆくなって、そこから先は断片的にしか覚えていない。素朴で清潔感がある、背の高い大学生くらいの男が走ってきたこと。その奥ではかっちゃんが、石垣の上に座り泣いていたこと。かっちゃんが最近いつも持ち歩いているがらくた、幼児向け番組の武器に少し似ているという理由で、「ぽくぽく」とうちら家族が呼んでいる、汚いがらくた。大学生の恐怖に満ちた顔を見て、思わずバッグで殴った事。彼を強引に連れて、かっちゃんの元へ向かった事。うちの顔を見て、かっちゃんがしおらしくなった事。それから、

「うち、かっちゃんって呼ばなかった」

ナターシャはカルテにメモを取りながら、穏やかな相槌を打ってくれる。どうしようもないくらい厭な熱が指先にこもり、動悸が止まらない。

「分からない、かっちゃんの事大好きなのに、嫌いなんて絶対言えないのに、あの時まるで他人みたいな呼び方した」

バツが悪そうに手をグーパーする兄に、うちは「ツボイさん」と呼びかけた

のだ。

「恥ずかしかったのかな、身内だと思われるの嫌だったのかな。でもじゃあ何で、大学生の引いてる顔見て悔しくて、あんな行動起こしたんだろ」

今日もうちは夏仕様の服を着て、兄が残した歯型にはリストバンドを被せている。汗で蒸れた黄色いそれに触れると、もう駄目だった。昔から自分は、鼻も口もぐわっと広がるような、本当に情けない泣き方しか出来ない。声も潜められないから、えっぐ、えっぐ、と動物みたいな嗚咽が漏れてしまう。及川さん。クラスメイトの顔を思い出した。彼女の家は、背筋の伸びた彼女の家はどんな風だろうか。お母さんがまめに家事をして、お父さんが働いているだろうか。足の速いクラスメイトを、順当に好きになったりするのか。今のうちを見たら、やっぱり引くだろうか。そもそも興味がないだろうか。うちの判断基準はいつもそこだ。精神科にいるうち。兄に噛まれるうち。その兄を傷つけたかもしれない男と、ホテルにいるうち。家族の笑顔。どれもこれも、素敵な事だと言い張れないのは甘えだろうか。

結局、全ては他人じゃないか。

「本当だから」

しばらくしてナターシャは静かに、でも厳しい空気感で語りだす。

「胸を張れない感情は嘘って、誰が言い出したのかしらね。あなたが周りの人間を愛する気持ちは、純度百パーの本物。でも周りと比較して、劣等感に苛まれるのも本当。それは、本気で彼らを好きだからこその矛盾。一面で説明できちゃう気持ちが正義とか、それこそ嘘。別に胸なんか張らなくていい」

ピンクの象をかたどった時計の中で、金属の秒針が滑らかに動いている。

ナターシャは一息ついて、続ける。

「どんな環境でも、何をされても、してしまっても、幸せなら幸せって口に出す権利がある。属性を、一時の行動だけを、自分と思っちゃダメ」

うちは、涙が静かに流れる事に驚いた。顔中の筋肉が、よじれずにおとなしい。

「だから、全てが素晴らしく本当なんだから、いつか、自分自身も愛おしくなって欲しい。今すぐにじゃなくていい。一生かかってもいいから」

ナターシャの細い指の先を、ずっと見ていた。整えられた爪に塗られた、健康的なベビーピンク。もう勘弁してほしいくらい、うちの腹の中は愛まみれだ。
辰巳に会ったら、今日のことを話そうと思った。

伏見と敦子の場合

部活訪問はなんと、三日に及んだ。〝指導〟とか〝稽古〟とか、先輩としての役目が発生しない弱小文化部のだべりがここまで続くのは、単純に凄い事だろう。

皆それぞれ人懐っこく、「まだ東京帰んないんですか?」「じゃあ明日も来てくださいよ」とおねだりしてくるのだ。なんとなく断れないし、こちらの気持ちとしても、まあ満更でもない。純粋に楽しい。かるた部に「男子」が遊びに来ているという事実も、彼女たちにとっては新鮮らしかった。

何人かの顔は覚えたし、軽口を叩き合えるまで仲良くなった生徒もいた。しかしおれたちは、二日目の途中から本格的に暇を持て余すようになったのだ。それくらい、関われる活動がない。

「これとか感動するしエロ少ないんで、おすすめです!」

なんて言われ渡されたボーイズラブ小説を、大石は結局最後まで読んだ。

「だってやる事ねえし」と言い訳しながらも、目を潤《うるお》わせていたあいつの表情ったらない。おれは腹がよじれるくらい笑ったけど、チラッとあらすじだけ見たら確かに、切なそうな話だった。

土産物は皆で平らげてしまったし（自由が丘とか元町などの地名を知っている部員がおらず、コンビニ菓子より凝った砂糖の味に「うまい！」とただ口々に叫ぶだけの彼女たちが面白かった）、もう用事も話題もない。それでも、怠惰で愛しい文化部の高校生、オタクたちの掛け合い、対をなすように壁の向こうから聞こえてくるホイッスル、この十畳ちょっとの和室に充満する全てが、大切に眩しかった。おれたちを拒絶はしないけど、絶対に交わらせない、刹那的なみずみずしさ。少し前まで渦中にいたのに。

心地よく、寂しかった。

おれより色濃く人間関係を築いていた分、その感慨は深いのだろう。大石はどこかに焦点を定めるでもなく、度々目を細めて微笑んだ。すかさず小突いたおれも、本当は分かっている。

「今日は、仮入部の一年が来るので！」

この時期に？　なんで？　とざわつく二年生。しかしかるた部においては、さして珍しい事でもない。運動部の熱血指導からあぶれた人間、スポーツに時間を取られるのに耐えられなかった趣味人（主に入部するのはこっちだ）等、夏からは無所属の生徒が新しい場所を求め始めるのだ。おれらの時も秋に二人、ギャルゲーオタクが加わった。

三日目。土曜は昼から部活動が始まる。いつにも増して調子良く通る岩谷さんの声とも、今日でお別れだ。「旬ジャンルの話は？」「上段の棚からかるたも出して！」忙しなく動き回る後輩の背中を目で追う。

「こんにちは」

扉が開いて、二人の女生徒が姿を現した。いらっしゃーい、と満面の笑みで応えるおれたち。お茶いる？　カルピスがいい？　今日は大学生のOBも来ててね～、あ、かるたやる？　簡単なのから難しいのまであるよ！

「あのここ、腐女子の巣窟って聞いたんですけど」

ワンレンの髪に吊り上がった眉、定規で整えたような鼻の女の子が、極めて涼しい顔で言う。身も蓋もない切り出しに啞然としながらも、部員一同、彼女から目が離せない。優等生、という三文字を体現したかのような顔立ち、スタイルは、散らかってだらしないここの雰囲気からすこんと浮いている。

「私、小学校高学年の頃からボーイズラブを嗜好《しこう》していて」

昔からクラシックをよく聴いていて、とでも言うような自然さで、彼女は続ける。茶色い眉に埋まったほくろが、猫のぶちのような愛嬌を生んでいる。

「とにかく同じ趣味の方と親交を深めたくて。漫画研究部に入ってたんですけど、あそこはちょっと少女趣味な感じがあって。あと、私は絵も描けないですし、余計な事はしたくなくて。純粋にBLを追求し、本来の活動をほっぽらかしているような部活に入りたいんですけど」

本当に身も蓋もない。それっぽい女子とかるたを広げながらさりげなくオタクトークを盛り上げ、徐々に沼へと引きずり込むのが通例というのに（岩谷さん談）。

「かるた部はそんな感じで合ってますか？」

五秒程の沈黙の後、最初に噴き出したのは大石だった。「うんいや、まあ、合ってると思うよ」

オーケーです、ありがとうございます、と彼女が一礼するのがまた面白くて、おれたちもつられて笑う。「そっちの子はちなみに?」岩谷さんが朗らかに聞く。

「付き添いです」

もう片方は、はっきりとそれだけ言った。右手に爽やかなリストバンドをしていて、確かに運動部系の雰囲気がある。ぱつっと切り揃えられたボブヘアを見て、おれは背の奥に詰まった骨が、徐々に冷えていくのが分かった。彼女をおれは、知っている。

「私が及川で、こっちが」

「坪井、です」

「表情かたいよ」

笑う及川さんの柔らかな仕草とは裏腹に、坪井さん、の表情は強張っている。おれに一瞥をくれるも特に何か言う風では無いので、おれはいやに安心し、呼吸のリズムを整えつつ平静を装う。

岩谷さんが、

「でも、趣味以外の事も一応しなきゃだから」

と弁明するので、部員たちも「めっちゃ少ないけどね」と苦笑する。

「最近だと、福祉関係が一番多いかな」

「老人ホームや近所の保育園に出張する事もあるし」

「分教室の人たちに向けてかるた作る取り組みとか」

ね、あれ一から作るの大変だよね、それな、と口々に反応する部員。思わず組んでいた足をほどくと、座布団がおれの重さで少し畳に擦れる。恐る恐る大石の顔を覗き込んで、驚いた。

そこにいたのは興味深そうに相槌を打つ、感じの良いただのＯＢだった。

「なるほどな、俺らん時は、そんなの無かったよ」

おれは心臓周りの血管が一斉にひねられるような、大きい不快感に襲われる。

「交流か……。当時の分教室とかあんま覚えてないけど、感慨あるわあ。てかそんな凄い事やるのがこんな弱小部活でいいの？」

あいつが当たり前のように投げたジョークに、当たり前の爆笑を返す部員たち。空気がにわかにまとまり、温度にむらがあった空間が練れてくる。多分、温かい。

「な」

こちらへ同意を求める大石の顔には、一寸の他意も曇りもない。それでもどうしても、おれは頷く事しか、出来なかった。エアコンが効きすぎているのか、二の腕だけが局所的に冷たい。「で、結局何飲みたい?」「私はカルピスで」「同じく」「おっけ」場の流れは、徐々に現役部員のみではつらつと動いていく。


しばらくした頃、八分目までカルピスが入った紙コップを手に、坪井さんがこちらへ戻ってきた。今日は半ば強引に連れてこられただけで、正直BLの事はよく分からないのだそうだ。ついていけなかったです、とこぼしながら、空いた紺のパイプ椅子に座る。

「じゃ、どっか他の部活気になってたりすんの?」

「特には」

「意外。中学では何やってたの」

「バドミントン。でも、中二で辞めました」

おれたちのいる一角は長机と湯沸かし、冷蔵庫なんかが乱雑に置かれ、三人でもかなり密な距離になる。なんとなく会話が途切れてしまいそうだったので、おれは慌てて「あー確かに、バド部感あるわ」と毒にも薬にもならない一言を挿入する。

「あの、先輩たちって、何歳なんですか」

十分くらい経った時、彼女が咳をするような唐突さで聞いた。大石が手を組んで伸びをしながら、もうすぐはたちー、と答える。坪井さんが能動的に発言するのはこれが初めてで少し驚いたが、おれも「同じく」と言う。

しかし彼女の表情が翳った。そうですか、と言って、ゆっくり立ち上がる。流石に大石も戸惑い、どうした、と言いながら坪井さんを窺うように見ている。でも、昔なら絶対にしなかったであろう半笑いを浮かべたその顔を、おれは直視できない。

彼女が睨んでいるのは、おれの方だった。

「だから何って話なんですけど」

五メートルもない先では、大小さまざまな冊子を取り出しては黄色い声をあげる部員の姿が見える。途方もなく楽しげで、明るい。

「何でそんな、何食わぬ顔出来るのかなって」

体中の臓器がいきなり熱くなって、前髪がおでこにひり付く。目の前の女の子は、静かに怒っている。石垣に座っていた男、真夏の外気、スクールバッグ、〝ツボイサン〟。

坪井さんは、二日前の彼女だった。

「……何が？」

最初に口を開いたのはもちろん大石だった。主語がないと、分かんねーんだけど。もう笑ってはいない。真剣に坪井さんを見ている。彼女はむしろその真っ直ぐな眼とは反対に、自分の言った事自体に驚いているような様子だった。おれを睨むのも、いつの間にか止めている。

「先輩たちが高校生だった時に、分教室がどうこうって色々あったじゃないですか。多分。知りませんけど」

自分でも自分の感情をまとめられないのか、目を泳がせて彼女は話す。震えた声をあちらこちらに転がして、不安定だ。

「つまり、絶対嘘じゃないですか。当時の分教室あんま覚えてないとか。流石に、嘘じゃないですか。急にこんな事言い出すの、めっちゃ変なのは分かってて、お前誰だよって、思うと思うんですけど、でも引かないで聞いてほしくて」

今日、頑張ってやり過ごそうと、思ったんですけど。そこまで言うと坪井さんは息を吸い、夏服のスカートをぎこちなく触った。目と鼻が赤らんでいる。

「なんか、許せなくて」

彼女が涙を飛ばしたあたりで、大石も、おもむろに立ち上がった。ティッシュの箱をおずおずと差し出しながらも、芯の通った声で話し始める。「全然違うよ」

「俺だってまだ、あの時の事とどう向き合えばいいのか、気持ちにケリつけられてないし。でもさっきのはさ、そうするしか無かったから。場の空気壊したくないし、無かったことにするの嫌だけど。仕方ないし」

じり、とおれの背中に汗が流れる。

「とか言って本当は、他人事なんですよね。他人事だからそうやって、割り切れるんだ。腫れ物扱いしたり、関わらないようにしたり、綺麗事や美談にちゃっちゃか片付けたり、そうやって無かった事に、出来てるじゃないですか、先輩は、普通に、普通のひとですよね」

坪井さんはかすれた声で、短く笑う。

「向き合わずにいられて、安全圏で生きられて、いいな」

おれは、入り口の細い障子の線に焦点をあてていた。縦と横が交差して生まれるしかく、しかく。同時に、三年前の事件を、思い出していた。分教室ではない方の。フラッシュに焚かれる男の狂気じみた顔。大量の献花。声明文、ネットニュース。だから感情がどう、という訳ではなくて、機械的に、頭の中で繰り返し映像が流されていく。

「んな訳ねえだろ」

大石の声が不意に響いたので、何人かの部員がこちらを振り向く。

「じゃあどうしたらいい？　俺は、俺たちは、何をするのが正解なんだよ。許せないこと、許せない考え、そういうのにぶつかってったら、傷つくじゃんどうせ。うやむやにして器用に過ごさないと、生き残れないだろ、苦しいだろ。

あんたが勝手に境界線引いてるだけで、安全圏なんてどこにもねえからな」

それに、と大石は続ける。

「俺だってたまたまこういう性格なだけで、日常で人を差別したり、馬鹿にしたりする人生もあったんだと思う。もし許せなかった人とか、考えが、完全悪じゃなかったら？　その事を、当たり前の事を受け入れるのに、すごい時間かかったけど」

二人とも、いつの間にか座布団に腰をおろし直している。坪井さんはうつむいたままだ。

「でも嫌《きら》っては次、嫌っては次って怒りで全部済ますのも悪い事じゃないよ。そんな単純じゃないのを昔、知るきっかけがあって」

おれの頭の中で反芻されるのは、古川の乾いた笑い声だった。教室、廊下、ガタイの良い背中。

「俺だって向き合ったよ。傍観者も加害者も、自分の事傷つけてきたあいつも、逆に傷つけたこいつも、考えの違う人を許すのめっちゃむずいよ。そういうのを見下さずに、嫌わずに〝みんな事情があるから〟って認めるとか、逆に自分の信念殺してんじゃん。だから、俺じゃなくて坪井さんが、正しいよ、けどさ」

大石はふっと、張った糸を緩めるように微笑む。

「相手を分かる事、分かろうとする事は、自分の痛みを無かった事にするのとイコールじゃないし、どっちも絶対消えない。知らないけど、そんなに頑張らなくても、坪井さんが今感じてる苦しさは、無かった事になんてならないよ」

いつの間にか時計が三時半をさしている。エアコンの風に従ってなびく箱ティッシュのひだが、ぎこちない。及川さんがおずおずとこちらにやってくる。

「坪井ちゃん、どうした?」しかし返答がないと分かると、怪訝そうな顔はそのまま、輪の中へと戻った。部員が、揃って気まずそうにこちらを見ている。

背中の下のほうから腰にかけてじんわりとむず痒く、おれは指を組んだりほどいたりして、平静になろうとした。

寂しかった。

分教室の話題が出た時点で、大石に表情を曇らせて欲しかった。自分自身の善悪に正直で、許せなさと裸で向き合う大石の、真摯な眼がかつて好きだった。

愚直な怒り、憤り、悩みが滲むと、その分おれは安心した。ただしさを、大きく委ねていた。それでも大石は多分、大人になってしまったのだ。表情があの時よりニヒルだとか、仕草に翳りがあるとか、そんな表面的な変化だけじゃない。もうある程度、世界を割り切ってしまっている。

きっとそれは、素晴らしい事のはずだった。でもおれだけが何故か、取り残されたように寂しい。

つまり、おれには何も無い。

許せない事が何も無いから、なんとなく苦しい。

いつも、日常で抱く違和感を直視するのが、怖かった。違和感が何か大きな感情に変わってしまう前に、平坦な日常を意識に流し込み、急いで希釈した。「意見」を持つのが怖かった。真摯に外側の世界とぶつかる大石が、途方もなく眩しかった。

自分なりに決着をつけて美しく立っている今の大石だって眩しい。目を背けて得たおれの安定と、それは大きく違う。

「そんな、綺麗事じゃないです、許せないですよ。許したら、うちが怒らなきゃ、憎まなきゃ、大切なもの、人たち、うちが頑張って生きてること、やっぱり全部無かったことになる」

肩をひくひくと上下させて、彼女は言葉を発する。懸命に、まるでずっと用意してきた、考えてきたかのような重さで、気持ちを表している。

傷ついた時、人はどう対処するのか。

傷つけてきた人間を憎むのか、恨むのか、見下してスルーするのか。互いに悪意を持ってぶつかったのなら、まだいい。おそらく坪井さんの痛みは、そんな分かりやすい傷じゃない。分教室についての大石の態度はきっかけに過ぎず、きっと本当の矛先はそこじゃないのだと思う。「普通の人が、またごく普通に酷い事してる、なんとなく自分はひとりぼっちだ」というあの違和感、いや絶望を繰り返し繰り返し、経験してきたのだろう。そんなのどうしようも無いだろ、という事実を彼女自身が一番分かっていて、とにかく目の前の女の子は目を背けたくなる程、傷だらけだった。

おれだって、この世界の無邪気さにいつも、ひっかかりを感じていたはずなのに。

明確に傷ついて愚直に向き合う坪井さんもまた、大石と同じく眩しかった。彼女の事情は分からないけど、真摯な姿勢の尊さだけは確かだ。

「大丈夫だよ」

おれは、言葉が口を衝いて出る感覚を初めて味わった。二人が驚いた顔でこちらを見る。

「大丈夫じゃなくてもさ、いつか絶対大丈夫になるよ」

〝許せない〟気持ちが欠けていても、彼らの愚直さに共感できなくても、世界を自分の眼で捉えもがく大石や明石さんを、おれは心底好きだった。二人のような人間が生きているだけで、この世界にも温度があると思った。あの頃は素直にそう思うのを避けていたけど、ただ自分だけが惨めだと思っていたけど、彼らは、おれ自身にもちゃんと血が通っている事を教えてくれた。瞬きをする度に明石さんの仕草がちらつく。品の良い笑顔も。あの夏の全てを。そして目の前の坪井さんにも、笑って欲しいと思った。

「今許せないなら、何も許さなくていい。それは大切なものを守ってる証なんだと思う」

「それは」のあたりで心臓が激しく動き出し、二人の顔を直視出来なくなった。それでも、

「ちゃんと言葉にして向き合ってる以上、坪井さんの苦しみは、大切は、やっぱり無かった事にはならないでしょ」

おれは最後まで言い切った。顔全体が熱を持っている。数秒経ってから「多分」と付け足すと、大石が噴き出すようにして、くつくつと笑った。坪井さんは最初きょとんとしていたが、

「なんか、嬉しいわ。今の伏見」

とちゃかす大石を見て、何故だか小気味よい笑い声をあげた。「お前が喜んでどうすんだよ」とすかさず大石に突っ込むと、さらに顔をくしゃっと丸め、笑う。よく考えると彼女の笑顔を見るのは初めてだった。なんとなしに、心が弾む。

緩んだ空気の中、坪井さんは「なんか、ありがとうです」と言った。

「うまく言えないけど、向き合ってくれて、すごくびっくりしました」

この部屋の窓は小さい。刑事ドラマでよく見る薄緑のブラインドが張られ、

線状に整った日光が流れ込んでくる。

「他人って、思ってたより他人じゃないかも」

何回目の写生だったか、明石さんがボソッと呟いた事があった。晴れだったようにも思うし、雨の気配をたっぷり含んだ曇天が、広がっていたようにも思う。

「正解ってなんだろうね」

彼女はまだ元気で、結わえられた髪の毛に一筋のほつれもなかった。おれは何か話したい事があるのだろうと察し、黙ってその結った太いヘアゴムを見る。

「その、憧れてる子の家に昔よく行ってたんだけど」

「前話してた絵の？」

「そうそう。でも小五あたりから足が遠のいちゃって」

明石さんの肌は、カンカンに焼けている訳じゃないのにしっとり黒い。いつもこの授業の前になると、女子が日焼け止めを回してあーだこーだ言っているけど、その輪に加わっているのも見た事が無かった。

「なんかね、正解が分かんなくなっちゃって」

「正解？」

「私が訪ねた時、だいたいその子は黙って絵を描いてるんだけどさ。たまに怒ってる時とか泣いてる時なんかもあってね」

小学生の事だ、きまぐれで当然だろう。

「その子のお父さんはすごい陽気な人で、小さい妹さんも可愛くて。私の事めちゃくちゃもてなしてくれるし、その子自身もすごい可愛い子なんだけど、でも」

その時、奇跡的な風が吹いた。みるみるうちに汗が冷える。夏は昔からこうだ。アメとムチ、みたいな、おそらく違うのだろうけど、むごい暑さの中で思わず「ありがとう」と言いたくなるような、爽やかな風を運んでくる瞬間が、一か月に三回くらいある。おれは思わず「うわ」と口に出したけど、彼女には聞こえていないようだった。

「そういう時ばっかりは、本当にどうしていいか分からなくて」

おれは、話をきちんと聞いている、という事をアピールするため、慌てて大きめに相槌を打った。

「違うな。ずっと分かんなかったのかも知れない。普通の時も。それで、その子の絵ばっか見てた。いつからか、『幼馴染』って言うより、その子の絵を見に来てる近所の子って感じになっちゃって。余所余所《よそよそ》しい態度しか取れなくなっちゃって。今思い返すと、ちょっと寂しい思い出かな」

そこまで言うと、明石さんは伸びをして「やっぱ辛気臭い話、おわり！」と言った。おれは少し動揺したけど、振り向く彼女の笑顔を見て、安心する。

木を見上げると、日光に透かされた葉の脈がいくつか見えていて、明瞭な感じが気持ちよかった。微笑んで、筆洗バケツを思い切りかき混ぜる。びしゃびしゃ、と音を立てるおれを見て、目を丸くする明石さんの顔。思わず頭を下げると、今度はくすくすと上品に笑う。控えめに上がる彼女の口角、それが目に入ると、いつからか自分の耳辺りは熱くなるようになっていた。何の感情に起因しているのか、当時のおれには知る由もない。

ずっと、心臓を狭く、狭くして、浅い息をしていた。その場しのぎで言葉を繋ぎ、ごく普通に、飯を食って寝て生きてきた。社会に意見を立てる事も、何かに大きく怒る事もなく、日々を起伏なく生きていた。何かごつごつした違和感に正面からぶつかっても、思考がもたつく程度で、おれは全く痛くなかった。その他大勢だったから。そう思っていたから。ニュース、事件、クラスメイトのあれこれ、それらに対して頭の中ではじける言葉はいつも短かった。「なんか違くね」「ヤバい」「酷いなあ」「なるほど」、そして、

「分からない」

ただしさを誰かに委ねようだなんて、思っていなかった。でも、自分のただしさをちゃんと理解するには、責任を持つには、あの頃のおれは小心者過ぎた。

「分からない」

身近な人が大切、自分が、赤の他人が当たり前に大切だという、それだけの気持ちに、理由を探していた。世の中の営みが全て、誰かへの「大切」を起点に動いているのを、知らなかった。

今ここに生きている限り、全員がその当事者であるというのも。

「分からない」

ただしさとは、自分が「大切だ」と感じる全てに、素直になること。それだけ、本当にそれだけだった。明石さんの悔しさも、大石の怒りも、古川の焦りも、坪井さんの涙も、衝動で出てきたおれの言葉も。

きっと、当たり前に備わっていたのに。

「お兄さん、逆だよ、逆」
運転手が手でグッジョブの形を作り、後ろを指さす。バス停におれしか居ないからか、あまり急かす風でもなく彼はまるまると微笑んだ。思わず会釈を返すと、欠伸をしながらゆっくりハンドルを握り直し、やや枯れた目元で前を向く。そういえばそうだった。最寄駅から大学へ向かうバスはいつも前方のドアから乗るけど、この地区は違うのだ。後方の大きいドア、その分厚いガラスが畳まれた先に、ICカードをタッチする平らな楕円や整理券を吐き出す四角が見える。「すみません」と謝りながら、そそくさと回り込み、乗車する。窓際の一人席に腰かけた。そういえば座席の色も、いつもの青とは違う緑の幾何学模様だ。

「また来ようぜ」

大石はまだしばらく実家で過ごすらしい。おれは明日からバイトだ。駅とあいつの家とは逆方向だから当然、校門の前で別れる事になる。昇降口を抜けた瞬間、アスファルトの熱が黒いスニーカーを容赦なく圧した。かー、と大石が声を出す。「夕方だぜ、今」

「最近みさきがさ、焼けちゃうからってよく日傘差してんの。俺いつも、気取るなよ、つってそれ馬鹿にすんだけど。今、気持ち分かったかも。なんつうか無防備にしてると、肌アホみたいに焦げそうだよな」

みさきちゃんというのは大石の後輩で、彼女だ。何回か会った事がある。顔がおれの拳くらい小さくて、口がつんと尖った女の子。物怖じしない堂々とした口調と伸びた背筋。おれたちはなんとなく歩幅を縮め、駐輪場や体育館の背をしげしげと眺めながら歩いた。

「懐かしかったな」

「な、楽しかった」

おれたちは普通に、普通の会話をした。さっきから、乾いた空洞になみなみと水が満ちたような充足感と、逆に湿っぽさがからりと抜けたような爽快感があった。でも口に出したり、それをわざわざ共有したりするのは違う。むしろこうしてやっと整理された何かでもってして、おれは、ありきたりな会話を楽しめると思った。

なんとなく気持ち良い。それ以上に砕いて言語化は、したくない。

「じゃあなー！」とゴキゲンに語尾を伸ばして笑い、歩き出そうとする大石に、

「どうせおれら今月中あっちで、会うだろ」と言いながら手を振り返す。「後でLINEな」「おう」

「まもなく発車いたします、揺れにご注意ください」

おれはため息をついた。悩みからでも感嘆でもなく、ただ透明に、一日の終わりを「つかれたな」という当たり前の気持ちで満たしていた。下宿に着くのは八時か九時か。スマホで確認してみないと分からない。

バスやタクシーの匂いは、サンコーのパソコン室のそれと似ている。雑然としたあの感じが、おれは、今でも変わらず好きだ。

スマホ画面の中央に表示される、【二年三組LINEグル】の文字。メンバー一覧から【明石ちさ】の名前をタップして、トークルームを開く。おれは三、四分ほどかけて文面を整え、送信ボタンを押した。

すぐに既読がついた。同時にのろのろと、バスが発車する。

【連絡ありがとう、いつでもいいよ。どこにする？】

かちっと句読点を打つ文面が懐かしい。

【急なんかじゃないよ。笑】

【私もずっと、話したかったから。】

【ありがとう。】

＊

氷も入っていない透明なコップ。カルピスの液を買った時に景品でついてきた水玉模様のそれに、沸かして冷やした麦茶を注ぐ。ちゃぶ台の前にクッションを引き寄せ、座ってまず、ひとくち飲んだ。兄がこちらを窺うように歩き回るので、「いるの」と聞く。「る」と返事をし、彼はうちの手からコップを掴み取ろうとする。

「そういう時なんて言うの」

促すが、いつもの「くらしゃ（下さい）」が出てこない。ひとくちだけね、という言葉も無視して、彼はあおるように中身を飲み干した。うちの顔を振り返ることもなく、律儀に洗い場へコップを持っていく。今日は機嫌が良くない。首をひねったり手を動かしたりの仕草も、心なしか控えめだ。

部屋の隅であぐらをかき、クレヨンやクレパスを広げては眺めるかっちゃん。丸く曲げた背中もたった今噛んでいるその爪も、慣れ親しんだ全てに愛着があり、かわいかった。


世界から、疎外されていると思った。

愛しさと苦しみがそのまま両輪で存在する当たり前にも、自分自身にさえも、向き合う事を恐れた。都合よく世界を嫌って、割り切ってしまうには、あまりにうちは世界を好きだった。大切だった。大切なものと拒みたいものはいつからか複雑に絡んでしまい解けず、だからうちは中途半端に人を憎んだ。自分を、かっちゃんを、他人を、半端に憎んだ。そうして気持ちが曖昧になっていくほどに、ちゃんと在る愛しささえも半端であるような悔しさがうちを包んだ。

いつか、と思う。

大切なものを大切だと思う、言う、気付く、そんな事を、怖がらずに皆が出来るようになれば。「でも怖いんでしょ」「でも辛いんでしょ」そんな言葉に阻まれなくていい。痛みを非難して、切り離した方がすっきりする人もいる。それは事実だ。しかし、そもそも「でも」じゃない。怖かろうが辛かろうが、単純なプラスマイナスみたいに、今ここに在る幸せは消えやしない。絶対に。

かっちゃん。

名前を呼ぶときょとんと上がる、丸くすべらかな顔。

かっちゃん。

あこちゃんはね、あのね。

初出　「文藝」二〇二二年夏季号
装画　100年
装丁　名和田耕平デザイン事務所
（名和田耕平＋小原果穂）

新 胡桃《あらた・くるみ》
二〇〇三年、大阪府生まれ。
二〇二〇年、「星に帰れよ」で第五七回文藝賞優秀作を受賞してデビュー。
本作は『星に帰れよ』に続き、二冊目の単行本となる。

何食《なにく》わぬきみたちへ

二〇二三年一月二〇日　初版印刷
二〇二三年一月三〇日　初版発行
著者　新胡桃《あらたくるみ》
発行者　小野寺優
発行所　株式会社河出書房新社
〒一五一-〇〇五一　東京都渋谷区千駄ヶ谷二-三二-二
電話　〇三-三四〇四-一二〇一（営業）
〇三-三四〇四-八六一一（編集）
https://www.kawade.co.jp/
組版　KAWADE DTP WORKS
印刷　モリモト印刷株式会社
製本　小泉製本株式会社

落丁本・乱丁本はお取り替えいたします。

本書のコピー、スキャン、デジタル化等の無断複製は著作権法上での例外を除き禁じられています。

本書を代行業者等の第三者に依頼してスキャンやデジタル化することは、いかなる場合も著作権法違反となります。

Printed in Japan
ISBN978-4-309-03090-6

星に帰れよ

新 胡桃

16歳の誕生日、深夜の公園で真柴翔は
〝モルヒネ〟というあだ名のクラスの女子に会い——。
高校生達の傲慢で高潔な言葉が彼らの生きる速度で飛び交い、突き刺さる。

第57回
文藝賞
優秀作